XIANDAI MINGJIA MEIWEN PINDU XILIE
现代名家美文品读系列

四世同堂

老舍 著
范亦豪 缩写

图书在版编目（CIP）数据

四世同堂 / 老舍著；范亦豪缩写. —南宁：接力出版社，2017.7
（优等生必读文库. 现代名家美文品读系列）
ISBN 978-7-5448-4949-4

Ⅰ.①四… Ⅱ.①老…②范… Ⅲ.①长篇小说－中国－现代
Ⅳ.①I246.5

中国版本图书馆CIP数据核字（2017）第146251号

责任编辑：朱晓颖　美术编辑：王　雪　装帧设计：李　睿
责任校对：高　雅　责任监印：刘　冬
社长：黄　俭　　总编辑：白　冰
出版发行：接力出版社　社址：广西南宁市园湖南路9号　邮编：530022
电话：010-65546561（发行部）　传真：010-65545210（发行部）
http://www.jielibj.com　　E-mail:jieli@jielibook.com
经销：新华书店　印制：北京鑫丰华彩印有限公司
开本：710毫米×1000毫米　1/16　印张：14　字数：180千字
版次：2017年7月第1版　印次：2019年1月第3次印刷
印数：20 001—25 000册　　定价：22.80元

版权所有　侵权必究

质量服务承诺：如发现缺页、错页、倒装等印装质量问题，可直接向本社调换。
服务电话：010-65545440

名人推荐

　　老舍的才华是多方面的,长短篇的小说,散文,戏剧,白话诗,无一不能,无一不精。而且他有他的个性,绝不俯仰随人。

——现代作家　梁实秋

　　有你在,灯亮着。

　　老舍和我们来注最密的时期,是在抗战时代的重庆。我们都觉得他是我们朋友中最爽朗、幽默、质朴、热情的一个。我常笑对他说:"您来了,不像'清风入座',乃是一阵热浪,席卷了我们一家人的心。"那时他正扛着重庆的"文协"大旗,他却总不提那些使他受苦蒙难的事。他来了,就和孩子们打闹,同文藻喝酒,酒后就在我们土屋的廊上,躺在帆布床里,沉默地望着滔滔东去的嘉陵江,一直躺到月亮上来才走。

——现代作家　冰　心

我想念他，常常是感到人见不着了，才开始真正认识一个人。我说不出如何赞美老舍先生的话。他的作品已经是不朽了。我很想念老舍先生，尤其在纪念他八十五岁诞辰的时候，他却不在我的身边。

——现代剧作家　曹　禺

老舍爱朋友，广交游。他重交谊，不论地位、生命的高低。老舍，对人生是乐观的，兴趣是多方面的。他搞文学，也爱艺术。

——现代诗人　臧克家

据我接触到的世界文学情报，全世界得到公认的中国新文学家也只有沈从文与老舍。

——现当代美学家、文艺理论家、教育家、翻译家　朱光潜

作家小传

老舍，原名舒庆春，字舍予，满族人，1899年出生于北京。老舍的父亲舒永寿是清军的一名京城护军，1900年八国联军入侵时在巷战中阵亡。自此原本就不富裕的家庭陷入极端的贫困，全靠母亲一个人缝洗衣物和帮人干杂活为生。

老舍自幼生活在一个大杂院里，也就是《四世同堂》开篇所描写的"小羊圈胡同"，现在叫小杨家胡同。这里居住着北京城底层的人民，有车夫，有工人，有贩夫走卒、下等的娼伶，苦难、贫穷是整个环境的基本色彩，这就种下了老舍一生的穷人情结。同时，老百姓喜闻乐见的曲艺艺术为老舍的童年和少年时代带来了笑声，也为他一生的文学艺术创作奠定了诙谐、通俗、平易近人的主基调。尽管后来老舍成为一个知识渊博的学者，在高校任教，往来者多为当时文化名人，但他却始终保持着一种"接地气"的写作状态，替穷人说话，有着穷人的感情。对孤贫不幸者的同情，对民间文艺的亲近欣赏，一直充盈在他的字里行间。

九岁那年，老舍在刘寿绵（即宗月大师）的资助下入私塾开始上学。在老舍的人生中，刘寿绵是一个非常值得一提的人——不仅他本人，还有他的女儿。刘寿绵家与老舍家有一点说不上很亲近但又扯不断的渊源关系。老舍的曾祖母曾经服侍过刘家祖上的一位女性长辈。刘寿绵喜欢做善事，记着这一门"穷亲戚"，主动帮助根本上不起学的老舍念书识字，这让老舍一生都铭记不忘。

刘寿绵有一个与老舍年纪相仿的女儿，两人是师范学校的同学，也是彼此的初恋。但因为双方社会地位过于悬殊，老舍没有勇气向刘家提出结婚的要求，这段恋情无疾而终。后来刘家因为施舍和被骗，家财散尽，刘寿绵出家为僧，他的妻女也到寺庙中修行，但乱世之中，佛门也不能清净，那位刘姑娘的结局十分悲惨。

在老舍创作的许多小说人物中，都有这对父女的影子。《正红旗下》的定大爷的原型正是刘寿绵。而老舍的小说《微神》便是以自己与刘姑娘的恋爱悲剧为蓝本创作的。

1918年，老舍从北京师范学校毕业。第二年，五四运动爆发，当时身为一个小学校长的老舍，也不可避免地受到了这一伟大事件的影响，后来他说："假若没有'五四'运动，我很可能终身做这样的一个人：兢兢业业地办小学，恭恭顺顺地侍奉老母，规规矩矩地结婚生子，如是而已。我绝对不会忽然想起去搞文艺。"

由于五四运动，老舍接受了新的思想文化和新的写作语言，他的文学热情被点燃，从此走上了作家之路。

1924年，老舍前往英国，在伦敦大学东方学院任汉语教员。1926年他写出了自己的第一部长篇小说《老张的哲学》。也是从这部作品开始，他为自己取了笔名"老舍"。在英国期间，老舍还写了小说《赵子曰》《二马》等，受到国内文艺评论家和读者的关注和肯定。

1930年，老舍回国，在山东济南、青岛任教，直到1936年，他辞去教职，专心写作。积累了一段时间之后，他向现代文学史奉献了一部现实主义杰作《骆驼祥子》。

《骆驼祥子》创造了祥子、虎妞、刘四爷、小福子等生活在北京市井的典型小人物，至今仍鲜活如初。《骆驼祥子》显示了老舍对下层人民绝望生活的思考——为什么好人却找不到生路？一个城市贫民想用卖苦力的方式好好活着，活得更好，但是希望却一点一点无情破灭，最后他失去了一切，成为灵魂被吞噬的行尸走肉，老舍把这个悲惨的过程详细地叙述了出来，从中人们看到了老舍对社会现实深刻的不满与追求变革、追求光明未来的渴望。

随后而来的抗战将老舍推上了更广阔的舞台。1938年，老舍开始主持中华全国文艺界抗敌协会的工作，负责联络和团结全国文学艺术界的知名人士，组织大家一起用文化做武器抗击日寇，捍卫国家。在此期间，老舍写了大量曲艺戏剧作品，以及小说、散文、杂文等，其中就有鸿篇巨制《四世同堂》的前两部《惶惑》《偷生》。

抗战胜利后的1946年，老舍受美国国务院邀请赴美讲学，并留在美国写作，完成了《四世同堂》的最后一部《饥荒》。

《四世同堂》是中国普通民众抗日的悲壮史诗。以抗日战争中沦陷的北京城一条小小的小羊圈胡同为背景，老舍写出了背负亡国之痛的众生群像，同时也揭露了日寇和汉奸的种种罪行和丑态。老舍没有人为地拔高作品中普通的北京市民，他们为了生存忍受着入侵者的侮辱，但随着情节的发展，他们心中爱国的火焰越来越旺，是非爱憎也越来越分明。唯其真实，方显故都的深厚本色。

老舍并没有亲历北平沦陷后的生活，因为当时他正在武汉、重庆等地以带病之躯为文化抗战奔波劳顿。他的夫人胡絜青在北平生活了大约五年，两人于重庆团聚后，胡絜青将这五年看到听到经历到的事一一讲给老舍听。老舍把这些故事与记忆里无比熟悉的北京结合在一起，终于创作出了这部百万字的巨著。

1949年新中国成立后，老舍回国，先后担任北京市文联主席，中国作家协会副主席，以及人大、政协等的多种职务。他的写作生涯进入了一个新的阶段。《方珍珠》《龙须沟》《茶馆》这些著名的戏剧作品相继出炉。其中，《龙须沟》让老舍获得了北京市人民政府颁发的"人民艺术家"称号。而《茶馆》则成为我国现代戏剧文学的扛鼎之作，直到今天，它仍是国内最高水平话剧表演团体"北京人民艺术剧院"的保留剧目。"人艺"的历代演员，都以能够参演《茶馆》为荣。

1966年8月23日，老舍在红卫兵的批斗中受到残酷的凌辱，身心俱创，遂于次日投入北京的太平湖，实践了自己多年前写下的"社会上真有了祸患，他会以身谏，他投水，他殉难"的宣言。

目录

惶 惑

一	3
二	10
三	19
四	27
五	34
六	41
七	46
八	49
九	53
十	58
十一	68
十二	73
十三	81
十四	88
十五	96
十六	104
十七	113
十八	120
十九	130
二十	134
二十一	146

二十二…………………… 156
二十三…………………… 162
二十四…………………… 166
二十五…………………… 174
二十六…………………… 178
二十七…………………… 186

延伸阅读

《四世同堂》里的礼义廉耻…范亦豪 201
《四世同堂》的意义和价值…舒 乙 203

 惶惑

一

祁老太爷什么也不怕,只怕庆不了八十大寿。在他的壮年,他亲眼看见八国联军怎样攻进北京城。后来,他看见了清朝的皇帝怎样退位,和接续不断的内战;一会儿九城的城门紧闭,枪声与炮声日夜不绝;一会儿城门开了,马路上又飞驰着得胜的军阀的高车大马。战争没有吓倒他,和平使他高兴。逢节他要过节,遇年他要祭祖,他是个安分守己的公民,只求消消停停地过着不至于愁吃愁穿的日子。即使赶上兵荒马乱,他也自有办法:最值得说的是他的家里老存着全家够吃三个月的粮食与咸菜。这样,即使炮弹在空中飞,兵在街上乱跑,他也会关上大门,再用装满石头的破缸顶上,便足以消灾避难。

为什么祁老太爷只预备三个月的粮食与咸菜呢?这是因为在他的心理上,他总以为北平是天底下最可靠的大城,不管有什么灾难,到三个月必定灾消难满,而后诸事大吉。北平的灾难恰似一个人免不了有些头疼脑热,过几天自然会好了的。不信,你看吧,祁老太

爷会屈指算计：直皖战争有几个月？直奉战争又有好久？啊！听我的，咱们北平的灾难过不去三个月！

七七抗战那一年，祁老太爷已经七十五岁。对家务，他早已不再操心。他现在的重要工作是浇浇院中的盆花，说说老年间的故事，给笼中的小黄鸟添食换水，和携着重孙子孙女极慢极慢地去逛大街和护国寺。可是，卢沟桥的炮声一响，他老人家便没法不稍微操点心了，谁教他是四世同堂的老太爷呢。

儿子已经是过了五十岁的人，而儿媳的身体又老那么病病歪歪的，所以祁老太爷把长孙媳妇叫过来。老人家最喜欢长孙媳妇，因为第一，她已给祁家生了儿女，教他老人家有了重孙子孙女；第二，她既会持家，又懂得规矩，一点也不像二孙媳妇那样把头发烫得烂鸡窝似的，看着心里就闹得慌；第三，儿子不常住在家里，媳妇又多病，所以事实上是长孙与长孙媳妇当家，而长孙终日在外教书，晚上还要预备功课与改卷子，那么一家十口的衣食茶水，与亲友邻居的庆吊交际，便差不多都由长孙媳妇一手操持了；这不是件很容易的事，所以老人天公地道地得偏疼点她。还有，老人自幼长在北平，耳习目染地和旗籍人学了许多规矩礼路：儿媳妇见了公公，当然要垂手侍立。可是，儿媳妇既是五十多岁的人，身上又经常地闹着点病；老人若不教她垂手侍立吧，便破坏了家规；教她立规矩吧，又于心不忍，所以不如干脆和长孙媳妇商议商议家中的大事。

祁老人的背虽然有点弯，可是全家还属他的身量最高。在壮年的时候，他到处都被叫作"祁大个子"。高身量，长脸，他本应当很有威严，可是他的眼睛太小，一笑便变成一条缝子，于是，人们只看见他的高大的身躯，而觉不出什么特别可敬畏的地方来。到了老年，他倒变得好看了一些：黄暗的脸，雪白的须眉，眼角腮旁全皱出永远含笑的纹溜；小眼深深地藏在笑纹与白眉中，看去总是笑眯眯的显出和善；在他真发笑的时候，他的小眼放出一点点光，倒好

像是有无限的智慧而不肯一下子全放出来似的。

把长孙媳妇叫来，老人用小胡梳轻轻地梳着白须，半天没有出声。老人在幼年只读过三本小书与六言杂字；少年与壮年吃尽苦处，独力置买了房子，成了家。他的儿子也只在私塾读过三年书，就去学徒；直到了孙辈，才受了风气的推移，而去入大学读书。现在，他是老太爷，可是他总觉得学问既不及儿子——儿子到如今还能背诵上下《论语》，而且写一笔被算命先生推奖的好字——更不及孙子，而很怕他们看不起他。因此，他对晚辈说话的时候总是先愣一会儿，表示自己很会思想。

长孙媳妇没入过学校，所以没有学名。出嫁以后，才由她的丈夫像赠送博士学位似的送给她一个名字——韵梅。韵梅两个字仿佛不甚走运，始终没能在祁家通行得开。公婆和老太爷自然没有喊她名字的习惯与必要，别人呢又觉得她只是个主妇，和"韵"与"梅"似乎都没多少关系。况且，老太爷以为"韵梅"和"运煤"既然同音，也就应该同一个意思，"好嘛，她一天忙到晚，你们还忍心教她去运煤吗？"这样一来，连她的丈夫也不好意思叫她了。小顺儿是她的小男孩，于是她除了"大嫂""妈妈"等应得的称呼外，便成了"小顺儿的妈"。

小顺儿的妈长得不难看，中等身材，圆脸，两只又大又水灵的眼睛。她走路、说话、吃饭、做事，都是快的，可是快得并不发慌。她是天生的好脾气。

祁老人把白须梳够，又用手掌轻轻擦了两把，才对小顺儿的妈说：

"咱们的粮食还有多少啊？"

小顺儿的妈的又大又水灵的眼很快地转动了两下，已经猜到老太爷的心意。很脆很快地，她回答：

"还够吃三个月的呢！"

其实，家中的粮食并没有那么多。她不愿因说了实话，而惹起老人的啰唆。对老人和儿童，她很会运用善意的欺骗。

"咸菜呢？"老人提出第二个重要事项来。

她回答得更快当："也够吃的！干疙瘩，老咸萝卜，全还有呢！"她知道，即使老人真的要亲自点验，她也能马上去买些来。

"好！"老人满意了。有了三个月的粮食与咸菜，就是天塌下来，祁家也会抵抗的。可是老人并不想就这么结束了关切，他必须给长孙媳妇说明白了其中的道理：

"日本鬼子又闹事哪！哼！闹去吧！庚子年，八国联军打进了北京城，连皇上都跑了，也没把我的脑袋掰了去呀！八国都不行，单是几个日本小鬼子还能有什么蹦儿？咱们这是宝地，多大的乱子也过不去三个月！咱们可也别太粗心大胆，起码得有窝头和咸菜吃！"

老人说一句，小顺儿的妈点一次头，或说一声"是"。老人的话，她已经听过起码有五十次，但是还当作新的听。老人一见有人欣赏自己的话，不由得提高了一点嗓音，以便增高感动的力量：

"你公公，别看他五十多了，论操持家务还差得多呢！你婆婆，简直是个病包儿，你跟她商量点事儿，她光会哼哼！这一家，我告诉你，就仗着你跟我！咱们俩要是不操心，一家子连裤子都穿不上！你信不信？"

小顺儿的妈不好意思说"信"，也不好意思说"不信"，只好低着眼皮笑了一下。

"瑞宣还没回来哪？"老人问。瑞宣是他的长孙。

"他今天有四五堂功课呢。"她回答。

"哼！开了炮，还不快快地回来！瑞丰和他的那个疯娘们呢？"老人问的是二孙和二孙媳妇——那个把头发烫成鸡窝似的妇人。

"他们俩——"她不知道怎样回答好。

"年轻轻的公母俩，老是蜜里调油，一时一刻也不离开，真也不

怕人家笑话！"

小顺儿的妈笑了一下："这早晚的年轻夫妻都是那个样儿！"

"我就看不下去！"老人斩钉截铁地说，"都是你婆婆宠得她！我没看见过，一个年轻轻的妇道一天老长在北海，东安市场和——什么电影园来着？"

"我也说不上来！"她真说不上来，因为她几乎永远没有看电影去的机会。

"小三儿呢？"小三儿是瑞全，因为还没有结婚，所以老人还叫他小三儿；事实上，他已快在大学毕业了。

"老三带着妞子出去了。"妞子是小顺儿的妹妹。

"他怎么不上学呢？"

"老三刚才跟我讲了好大半天，说咱们要再不打日本，连北平都要保不住！"小顺儿的妈说得很快，可是也很清楚。

老人愣了一小会儿，然后感慨着说："我很不放心小三儿，怕他早晚要惹出祸来！"

正说到这里，院里小顺儿撒娇地喊着：

"爷爷！爷爷！你回来啦？给我买桃子来没有？怎么，没有？连一个也没有？爷爷你真没出息！"

小顺儿的妈在屋中答了言："顺儿！不准和爷爷讪脸！再胡说，我就打你去！"

小顺儿不再出声，爷爷走了进来。小顺儿的妈赶紧去倒茶。爷爷（祁天佑）是位五十多岁的黑胡子小老头儿。中等身材，相当的富态，圆脸，重眉毛，大眼睛，头发和胡子都很重很黑，很配作个体面的铺店的掌柜的——事实上，他现在确是一家三间门面的布铺掌柜。他的脚步很重，每走一步，他的脸上的肉就颤动一下。做惯了生意，他的脸上永远是一团和气，鼻子上几乎老拧起一旋笑纹。今天，他的神气可有些不对。他还要勉强地笑，可是眼睛里并没有笑时那点光,鼻子上的一旋笑纹也好像不能拧紧;笑的时候,他几乎不敢大大方方地抬起头来。

"怎样?老大!"祁老太爷用手指轻轻地抓着白胡子,就手儿看了看儿子的黑胡子,心中不知怎的有点不安似的。

黑胡子小老头很不自然地坐下,好像白胡子老头给了他一些什么精神上的压迫。看了父亲一眼,他低下头去,低声地说:

"时局不大好呢!"

"打得起来吗?"小顺儿的妈以长媳的资格大胆地问。

"人心很不安呢!"

祁老人慢慢地立起来:"小顺儿的妈,把顶大门的破缸预备好!"

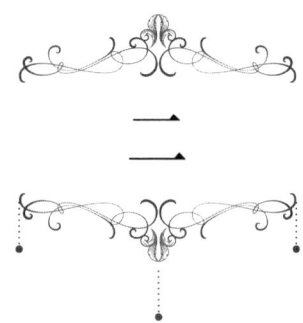

二

祁家的房子坐落在西城护国寺附近的"小羊圈"。说不定，这个地方在当初或者真是个羊圈，因为它不像一般的北平的胡同那样直直的，或略微有一两个弯儿，而是颇像一个葫芦。通到西大街去的是葫芦的嘴和脖子，很细很长，而且很脏。葫芦的嘴是那么窄小，人们若不留心细找，或向邮差打听，便很容易忽略过去。进了葫芦脖子，看见了墙根堆着的垃圾，你才敢放胆往里面走，像哥伦布看到海上有漂浮着的东西才敢更向前进那样。走了几十步，忽然眼一明，你看见了葫芦的胸：一个东西有四十步，南北有三十步长的圆圈，中间有两棵大槐树，四围有六七家人家。再往前走，又是一个小巷——葫芦的腰。穿过"腰"，又是一块空地，比"胸"大着两三倍，这便是葫芦肚儿了。"胸"和"肚"大概就是羊圈吧？这还待历史家去考查一番，而后才能断定。

祁家的房便是在葫芦胸里。街门朝西，斜对着一棵大槐树。在当初，祁老人选购房子的时候，房子的地位决定了他的去取。他爱这个地方。胡同口是那么狭窄不惹人注意，使他觉到安全；而葫芦胸里有六七家人家，又使他觉到温暖。门外呢，两株大槐下可供孩子们玩耍，既无车马，又有槐豆槐花与槐虫可以当作儿童的玩具。同时，地点虽是陋巷，而西通大街，背后是护国寺——每逢七八两日有庙会——买东西不算不方便。所以，他决定买下那所房。

房子的本身可不很高明。第一，它没有格局。院子是东西长而南北短的一个长条，所以南北房不能相对；假若相对起来，院子便被挤成一条缝，而颇像轮船上房舱中间的走道了。南房两间，因此，是紧靠着街门，而北房五间面对着南院墙。两间东房是院子的东尽头；东房北边有块小空地，是厕所。南院墙外是一家老香烛店的晒佛香的场院，有几株柳树。幸而有这几株树，否则祁家的南墙外便什么也没有，倒好像是火车站上的房子，出了门便是野地了。第二，房子盖得不甚结实。除了北房的木料还说得过去，其余的简直没有值得夸赞的地方。

祁老人可是十分喜爱这所房。主要的原因是，这是他自己置买的产业，不论格局与建筑怎样不好，也值得自傲。其次，自从他有了这所房，他的人口便有增无减，到今天已是四世同堂！这里的风水一定是很好！在长孙瑞宣结婚的时候，全部房屋都彻底地翻盖了一次。这次是祁天佑出的力——他想把父亲置买的产业变成一座足以传世的堡垒，好上足以对得起老人，下对得起儿孙。木料糟了的一概撤换，碎砖都换上整砖，而且见木头的地方全上了油漆。经这一修改，这所房子虽然在格局上仍然有欠体面，可是在实质上却成了小羊圈数一数二的好房子。祁老人看着新房，满意地叹了口气。到他作过六十整寿，决定退休以后，他的劳作便都放在美化这所院子上。

看着自己的房，自己的儿孙，和手植的花草，祁老人觉得自己的一世劳碌并没有虚掷。北平城是不朽之城，他的房子也是永世不朽的房子。

现在，天佑老夫妇带着小顺儿住南屋。五间北房呢，中间作客厅；客厅里东西各有一个小门，通到瑞宣与瑞丰的卧室；尽东头的和尽西头的一间，都另开屋门，东头是瑞全的，西头是祁老太爷的卧室。东屋作厨房，并堆存粮米、煤球、柴火；冬天，也收藏石榴树和夹竹桃什么的。当初，在他买过这所房子来的时候，他须把东屋和南屋都租出去，才能显着院内不太空虚；今天，他自己的儿孙都快住不下了。屋子都住满了自家的人，老者的心里也就充满了欢喜。他像一株老树，在院里生满了枝条，每一条枝上的花叶都是由他生出去的！

在胡同里，他也感到得意。四五十年来，他老住在这里，而邻居们总是今天搬来，明天搬走，能一气住到十年二十年的就少少的。他们生，他们死，他们兴旺，他们衰落，只有祁老人独自在这里生了根。因家道兴旺而离开这陋巷的，他不去巴结；因家道衰落而连这陋巷也住不下去的，他也无力去救济；他只知道自己老在这里不动，渐渐地变成全胡同的老太爷。新搬来的人家，必定先到他这里来拜街坊；邻居有婚丧事设宴，他必坐首席；他是这一带的老人星，代表着人口昌旺，与家道兴隆！

在得意里，他可不敢妄想。他只希望能在自己的长条院子里搭起喜棚，庆祝八十整寿。八十岁以后的事，他不愿去想；假若老天教他活下去呢，很好；老天若收回他去呢，他闭眼就走，教子孙们穿着白孝把他送出城门去！

在葫芦胸里，路西有一个门，已经堵死。路南有两个门，都是清水脊门楼，房子相当的整齐。路北有两个门，院子都不大，可都住着三四家人家。假若路南是贵人区，路北便是贫民区。路东有三个门，尽南头的便是祁宅。与祁家一墙之隔的院子也是个长条儿，住着三家子人。再过去，还有一家，里外两个院子，有二十多间房，住着至少有七八家子，而且人品很不齐。这可以算作个大杂院。

把大杂院除外，祁老人对其余的五个院子的看待也有等级。最被他重视的是由西数第一个——门牌一号——路南的门。这个门里住着一家姓钱的，前后在这里已住过十五六年。钱老夫妇和天佑同辈，他的两个少爷都和瑞宣同过学。现在，大少爷已结了婚，二少爷也订了婚而还未娶。在一般人眼中，钱家的人都有点奇怪。他们对人，无论是谁，都极有礼貌，可是也都保持着个相当的距离，好像对谁都看得起，又都看不起。他们一家人的服装都永远落后十年，或二十年，到如今，钱老先生到冬天还戴红呢子大风帽。

钱家的院子不大，而满种着花。祁老人的花苗花种就有许多是由这里得来的。钱老先生的屋里，除了鲜花，便是旧书与破字画。他的每天的工作便是浇花、看书、画画和吟诗。到特别高兴的时候，他才喝两盅自己泡的茵陈酒。钱老先生是个诗人。他的诗不给别人看，而只供他自己吟味。他的生活是按照着他的理想安排的，并不管行得通行不通。他有时候挨饿，挨饿他也不出一声。他的大少爷在中学教几点钟书，在趣味上也颇有父风。二少爷是这一家中最没有诗意的，他开驶汽车。钱老先生决不反对儿子去开汽车，而只不喜闻儿子身上的汽油味。至于钱家的妇女，她们并不是因为男子专制而不出大门，而倒是为了服装太旧，自惭形秽。钱先生与儿子绝对不是肯压迫任何人的人，可是他们的金钱能力与生活的趣味使他们毫不注意到服装上来，于是家中的妇女也就只好深藏简出地不出去多暴露自己的缺陷。

虽然已有五十七八岁，钱默吟先生的头发还没有多少白的。矮个子，相当的胖，一嘴油光水滑的乌牙，他长得那么厚厚敦敦的可爱。圆脸，大眼睛，常好把眼闭上想事儿。他的语声永远很低，可是语气老是那么谦恭和气，教人觉得舒服。他和祁老人谈诗，谈字画，祁老人不懂。祁老人对他讲重孙子怎么又出了麻疹，二孙媳怎么又改烫了飞机头，钱先生不感趣味。但是，两个人好像有一种默

四世同堂

契：你说，我就听着；我说，你就听着。钱默吟教祁老人看画，祁老人便点头夸好。祁老人报告家中的琐事，默吟先生便随时地答以"怎么好？""真的吗？""对呀！"等等简单的句子。若实在无词以答，他也会闭上眼，连连地点头。到最后，两个人的谈话必然地移转到养花草上来，而二人都可以滔滔不绝地说下去，也都感到难得的愉快。虽然祁老人对石榴树的趣味是在多结几个大石榴，而钱先生是在看花的红艳与石榴的美丽，可是培植的方法到底是有相互磋磨的必要的。

在钱家而外，祁老人也喜欢钱家对门，门牌二号的李家。在全胡同里，只有李家的老人与祁老太爷同辈，而且身量只比祁老人矮着不到一寸——这并不是李四爷的身子比祁老人的短这么些，而是他的背更弯了一点。他的职业的标志是在他的脖子上的一个很大的肉包。在二三十年前，北平有不少这种脖子上有肉包的人。他们自成一行，专给人们搬家。人家要有贵重的东西，像大瓷瓶、座钟和楠木或花梨的木器，他们便把它们捆扎好，用一块窄木板垫在脖子上，而把它们扛了走。他们走得要很稳，脖子上要有很大的力量，才能负重而保险不损坏东西。人们管这一行的人叫作"窝脖儿的"。自从有板子车以后，这行的人就渐渐地把"窝"变成了"拉"，而年轻的虽然还吃这一行的饭，脖子上可没有那个肉包了。

二号的院子里住着三家人，房子可是李四爷的。祁老人的喜欢李四爷，倒不是因为李四爷不是个无产无业的游民，而是因为李四爷的为人好。在他的职业上，他永远极尽心，而且要钱特别克己；有时候他给穷邻居搬家，便只要个饭钱，而不提工资。在职业以外，特别是在有了灾难的时节，他永远自动地给大家服务。祁老人虽然以这一带的老人星自居，可是从给大家服务上来说，他自愧不如李四爷。所以，从年轻上和从品德上说，他没法不尊敬李四爷。虽然李家的少爷也是"窝脖儿的"，虽然李家院子是个又脏又乱的小杂院。两个老人若在大槐树下相遇而立定了,两家的晚辈便必定赶快地拿出凳子来,因为他们晓得两个老人的谈话多数是由五六十年前说起,而至少须花费一两钟头的。

李四爷的紧邻四号,和祁老人的紧邻六号都也是小杂院。四号住着剃头匠孙七夫妇;马老寡妇与她的外孙子,外孙以沿街去叫"转盘的话匣子"为业;和拉洋车的小崔——除了拉车,还常打他的老婆。六号也是杂院,而人们的职业较比四号的略高一级:北房里住着丁约翰,信基督教,在东交民巷的"英国府"作摆台①的。北耳房住着棚匠刘师傅夫妇,刘师傅在给人家搭棚而外,还会练拳和耍"狮子"。东屋住着小文夫妇,都会唱戏,表面上是玩票,而暗中拿"黑杵"②。

对四号与六号的人们,祁老人永远保持着不即不离的态度,有事就量力相助,无事便各不相扰。李四爷可就不然了,他对谁都愿意帮忙,不但四号与六号的人们都是他的朋友,就连七号——祁老人所不喜欢的大杂院——也常常地受到他的协助。不过,连这样,李四爷还时常遭受李四妈的指摘与责骂。李四妈,满头白发,一对大近视眼,几乎没有一天不骂那个"老东西"的。她的责骂,多数是她以为李四爷对朋友们还没有尽心尽力地帮忙,而这种责骂也便成为李四爷的见义勇为的一种督促。

夹在钱家与祁家中间的三号是祁老人的眼中钉。在祁家的房还没有翻修以前,三号是小羊圈里最体面的房。就是在祁家院子重修以后,论格局也还不及三号的款式像样。第一,三号门外,在老槐下面有一座影壁,粉刷得黑是黑,白是白,中间油好了二尺见方的大红福字。祁家门外,就没有影壁,全胡同里的人家都没有影壁!第二,论门楼,三号的是清水脊,而祁家的是花墙子。第三,三号是整

---

① 摆台,指在餐馆摆设餐台。——本书脚注若无说明,均为编者注
② 黑杵,旧社会的票友私下接受的报酬。

整齐齐的四合房，院子里方砖墁地。第四，三号每到夏天，院中必由六号的刘师傅给搭起新席子的凉棚，而祁家的阴凉儿只仗着两株树影儿不大的枣树供给。祁老人没法不嫉妒！

　　论生活方式，祁老人更感到精神上的压迫与反感。三号的主人，冠晓荷，有两位太太，而二太太是唱奉天大鼓的，曾经红过一时的，尤桐芳。冠先生已经五十多岁，和祁天佑的年纪仿上仿下，可是看起来还像三十多岁的人，而且比三十多岁的人还漂亮。冠先生每天必定刮脸，十天准理一次发，白头发有一根拔一根。他的衣服，无论是中服还是西装，都尽可能地用最好的料子；即使料子不顶好，也要做得最时样最合适。小个子，小长脸，小手小脚，浑身上下无一处不小，而都长得匀称。他的人虽小，而气派很大，平日交结的都是名士与贵人。家里用着一个厨子，一个顶懂得规矩的男仆，和一个老穿缎子鞋的小老妈。一来客，他总是派人到便宜坊去叫挂炉烤鸭，到老宝丰去叫远年竹叶青。打牌，讲究起码四十八圈，而且饭前饭后要唱鼓书与二黄。对有点身分的街坊四邻，他相当的客气，可是除了照例的婚丧礼吊而外，并没有密切的交往。至于对李四爷，刘师傅，剃头的孙七，和小崔什么的，他便只看到他们的职业，而绝不拿他们当作人看。"老刘，明天来拆天棚啊！""四爷，下半天到东城给我取件东西来，别误了！""小崔，你要是跑得这么慢，我就不坐你的车了！听见没有？"对他们，他永远是这样地下简单而有权威的命令。

　　冠太太是个大个子，已经快五十岁了还专爱穿大红衣服，所以外号叫作大赤包儿。赤包儿是一种小瓜，红了以后，北平的儿童拿着它玩。这个外号起得相当的恰当，因为赤包儿经儿童揉弄以后，皮儿便皱起来，露出里面的黑种子。冠太太的脸上也有不少的皱纹，而且鼻子上有许多雀斑，尽管她还擦粉抹红，也掩饰不了脸上的褶子与黑点。她比她的丈夫的气派更大，一举一动都颇像西太后。她

①一号院：钱家
②二号院：李四爷
③三号院：冠家
④四号院：孙七夫妇、马老寡妇、程长顺、小崔等
⑤五号院：祁家
⑥六号院：丁约翰、刘师傅夫妇、小文夫妇
⑦七号院：大杂院

比冠先生更喜欢，也更会交际；能一气打两整天整夜的麻雀牌，而还保持着西太后的尊傲气度。

冠太太只给冠先生生了两个小姐，所以冠先生又娶了尤桐芳，为是希望生个胖儿子。尤桐芳至今还没有生儿子。可是和大太太吵起嘴来，她的声势倒仿佛有十个儿子作后援似的。她长得不美，可是眉眼很媚；她的眉眼一天到晚在脸上乱跑。两位小姐，高第与招弟，本质都不错，可是在两位母亲的教导下，既会修饰，又会满脸上跑眉毛。

祁老人既嫉妒三号的房子，又看不上三号所有的男女。特别使他不痛快的是二孙媳妇的服装打扮老和冠家的妇女比赛，而小三儿瑞全又和招弟小姐时常有些来往。因此，当他发脾气的时候，他总是手指西南，对儿孙说："别跟他们学！那学不出好来！"这也就暗示出：假若小三儿再和招弟姑娘来往，他会把他赶出门去的。

名师赏析

《四世同堂》全书主要人物都住在小羊圈胡同，那是北平西城护国寺附近的一条极不显眼的胡同，它在新街口大街有个胡同口，老舍管它叫"葫芦嘴儿"，只有五六尺宽。拿现在的话来说，它算是条规划之外的胡同，所以连个官名都没有，那里的老百姓顺嘴叫它"小羊圈胡同"，这就成了名字。

这样的胡同显然是穷人的聚居地，小说里却让大赤包、冠晓荷这些有钱有社会地位的人，跟脚行、理发匠、洋车夫这些底层百姓住在同一个胡同里，似乎有点儿勉强。可那是老舍的生身之地啊。老舍写《四世同堂》的时候，远在重庆，但是北平胡同里的一砖一瓦、一草一木都在眼前，而且从艺术角度讲也是允许的，这么一来，无论是情节的发展还是人物的关系，写起来都比较方便，所以也能将就。这种"勉强"里，含着老舍对生身之地的眷恋。

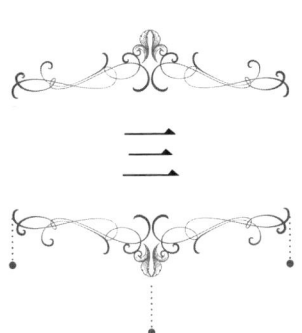

三

祁老人用破缸装满石头,顶住了街门。

李四爷在大槐树下的警告:"老街旧邻,都快预备点粮食啊,城门关上了!"更使祁老人觉得自己是诸葛亮。他不便隔着街门告诉李四爷:"我已经都预备好了!"可是心中十分满意自己的未雨绸缪,料事如神。

在得意之间,他下了过于乐观的判断:不出三天,事情便会平定。

儿子天佑是个负责任的人,越是城门紧闭,他越得在铺子里。

儿媳妇病病歪歪的,听说日本鬼子闹事,长叹了一口气,心中很怕万一自己在这两天病死,而棺材出不了城!一急,她的病又重了一些。

瑞宣把眉毛皱得很紧,而一声不出;他是当家人,不能在有了危险的时候,长吁短叹的。

瑞丰和他的摩登太太一向不注意国事,也不关心家事;大门既

被祖父封锁，只好在屋里玩扑克牌解闷。老太爷在院中啰唆，他俩相视，缩肩，吐一吐舌头。

小顺儿的妈虽然只有二十八岁，可是已经饱经患难。她同情老太爷的关切与顾虑；同时，她可也不怕不慌。她的心好像比她的身体老得多，她看得很清楚：患难是最实际的，无可幸免的；但是，一个人想活下去，就不能不去设法在患难中找缝子，逃了出去——尽人事，听天命。

她一答一和地跟老人说着话儿，从眼泪里追忆过去的苦难，而希望这次的危险是会极快便过去的。

老人说："自从我小时候，咱们就受小日本的欺侮，我简直想不出道理来！得啦，就盼着这一回别把事情闹大了！日本人爱小便宜，说不定这回是看上了卢沟桥。"

"干吗单看上了卢沟桥呢？"小顺儿的妈纳闷，"一座大桥既吃不得，又不能搬走！"

"桥上有狮子呀！这件事要搁着我办，我就把那些狮子送给他们，反正摆在那里也没什么用！"

"哼！我就不明白，他们要那些狮子干吗？"她仍是纳闷。

"要不怎么是小日本呢！看什么都爱！"老人很得意自己能这么明白日本人的心理，"庚子年的时候，日本兵进城，挨着家儿搜东西，先是要首饰，要表；后来，连铜纽扣都拿走！"

"大概拿铜当作了金子，不开眼的东西！"小顺儿的妈挂了点气说。她自己是一棵草也不肯白白拿过来的人。

"大嫂！"瑞全好像自天而降地叫了声。

"哟！"大嫂吓了一跳，"三爷呀！干吗？"

"你把嘴闭上一会儿行不行？你说得我心里直闹得慌！"

在全家里，没有人敢顶撞老太爷，除了瑞全和小顺儿。现在他拦阻大嫂说话，当然也含着反抗老太爷的意思。

老太爷马上听出来那弦外之音。"怎么？你不愿意听我们说话，把耳朵堵上就是了！"

"我是不爱听！"瑞全的样子很像祖父，又瘦又长，可是在思想上，他与祖父相隔了有几百年。"日本人要卢沟桥的狮子？笑话！他们要北平，要天津，要华北，要整个的中国！"

"得了，得了！老三！少说一句。"大嫂很怕老三把祖父惹恼。

"日本鬼子要是打破了北平，谁都不用吃饭！"瑞全咬了咬牙。他真恨日本鬼子。

"那！庚子年，八国联军……"老人想把拿手的故事再重述一遍，可是一抬头，瑞全已经不见了，"这小子！说不过我就溜开！这小子！"

门外有人拍门。

"瑞宣！开门去！"祁老人叫，"多半是你爸爸回来了。"

瑞宣又请上弟弟瑞全，才把装满石头的破缸挪开。门外，立着的不是他们的父亲，而是钱默吟先生。他们弟兄俩全愣住了。钱先生来访是件极稀奇的事。瑞宣马上看到时局的紧急，心中越发不安。瑞全也看到危险，可是只感到兴奋，而毫无不安与恐惧。

钱先生穿着件很肥大的旧蓝布衫，袖口与领边已全磨破。他还是很和蔼，很镇定，可是他自己知道今天破例到友人家来便是不镇定的表示。含着笑，他低声地问："老人们都在家吧？"

"请吧！钱伯父！"瑞宣闪开了路。

钱先生仿佛迟疑了一下，才往里走。

瑞全先跑进去，告诉祖父："钱先生来了。"

祁老人听见了，全家也都听到，大家全为之一惊。祁老人迎了出来。又惊又喜，他几乎说不上话来。

钱默吟很自然，微抱歉意地说着："第一次来看你老人家，第一次！我太懒了，简直不愿出街门。"

到北屋客厅坐下，钱先生先对瑞宣声明："千万别张罗茶水！一

客气，我下次就更不敢来了！"这也暗示出，他愿意开门见山地把来意说明，而且不希望逐一地见祁家全家的老幼。

祁老人先提出实际的问题："这两天我很惦记着你！咱们是老邻居，老朋友了，不准说客气话，你有粮食没有？没有，告诉我一声！粮食可不比别的东西，一天，一顿，也缺不得！"

默吟先生没说有粮，也没说没粮，而只含混地一笑，倒好像即使已经绝粮，他也不屑于多去注意。

"我——"默吟先生笑着，闭了闭眼。"我请教瑞宣世兄，"他的眼也看了瑞全一下，"时局要演变到什么样子呢？你看，我是不大问国事的人，可是我能自由地生活着，全是国家所赐。我这几天什么也干不下去！我不怕穷，不怕苦，我只怕丢了咱们的北平城！一朵花，长在树上，才有它的美丽；拿到人的手里就算完了。北平城也是这样，它顶美，可是若被敌人占据了，它便是被折下来的花了！是不是？"

见他们没有回答。他又补上了两句："假若北平是树，我便是花，尽管是一朵闲花。北平若不幸丢失了，我想我就不必再活下去！"

祁老人颇想说出他对北平的信仰，而劝告钱先生不必过于忧虑。可是，他不能完全了解钱先生的话；钱先生的话好像是当票子上的字，虽然也是字，而另有个写法——你要是随便地乱猜，赎错了东西才麻烦呢！于是，他的嘴唇动了动，而没说出话来。

瑞宣，这两天心中极不安，本想说些悲观的话，可是有老太爷在一旁，他不便随便开口。

瑞全没有什么顾忌。他早就想谈话，而找不到合适的人。他立起来挺了挺腰，说：

"我看哪，不是战，就是降！"

"至于那么严重？"钱先生的笑纹僵在了脸上，右腮上有一小块肉直抽动。

"有田中奏折在那里，日本军阀不能不侵略中国；有'九一八'

的便宜事在那里，他们不能不马上侵略中国。他们的侵略是没有止境的，他们征服了全世界，大概还要征服火星！"

"火星？"祖父既不相信孙子的话，更不知道火星在哪条大街上。

瑞全没有理会祖父的质问，理直气壮地说下去："日本的宗教、教育、气量、地势、军备、工业、与海盗文化的基础、军阀们的野心，全都朝着侵略的这一条路子走。走私，闹事，骑着人家脖子拉屎，都是侵略者的必有的手段！卢沟桥的炮火也是侵略的手段之一，这回能敷衍过去，过不了十天半月准保又在别处——也许就在西苑或护国寺——闹个更大的事。日本现在是骑在虎背上，非乱撞不可！"

瑞宣脸上笑着，眼中可已经微微地湿了。

祁老人听到"护国寺"，心中颤了一下：护国寺离小羊圈太近了！

"瑞宣？"钱先生的眼神与语气请求瑞宣发表意见。

瑞宣先笑了一下，而后声音很低地说："还是打好！"

钱先生闭上了眼，详细咂摸瑞宣的话的滋味。

瑞全跳了起来，把双手放在瑞宣的双肩上："大哥！大哥！"他的脸完全红了，又叫了两声大哥，而说不上话来。

这时候，小顺儿跑了进来，"爸！门口，门口……"

祁老人正找不着说话的机会与对象，急快地抓到重孙子："你看！你看！刚开开门，你就往外跑，真不听话！告诉你，外边闹日本鬼子哪！"

小顺儿的鼻子皱起来，撇着小嘴："什么小日本儿，我不怕！中华民国万岁！"他得意地伸起小拳头来。

"顺儿！门口怎么啦？"瑞宣问。

小顺儿手指着外面，神色相当诡秘地说："那个人来了！说要看看你！"

"哪个人？"

"三号的那个人！"小顺儿知道那个人是谁，可是因为听惯了大家对那个人的批评，所以不愿意说出姓名来。

"冠先生？"

小顺儿对爸爸点了点头。

"谁？噢，他！"钱先生要往起立。

"钱先生！坐着你的！"祁老人说。

"不坐了！"钱先生立起来。

"你不愿意跟他谈话，走，上我屋里去！"祁老人诚意地相留。

"不啦！改天谈，我再来！不送！"钱先生已很快地走到屋门口。

祁老人扶着小顺儿往外送客。他走到屋门口，钱先生已走到南屋外的枣树下。瑞宣、瑞全追着送出去。

冠晓荷在街门坎里立着呢。他穿着在三十年前最时行，后来曾经一度极不时行，到如今又二番时行起来的团龙蓝纱大衫，极合身，极大气。下面，白地细蓝道的府绸裤子，散着裤角；脚上是青丝袜，白千层底青缎子鞋；更显得连他的影子都极漂亮可爱。见钱先生出来，他一手轻轻拉了蓝纱大衫的底襟一下，一手伸出来，满面春风地想和钱先生拉手。

钱先生既没失去态度的自然，也没找任何的掩饰，就那么大大方方地走出去，使冠先生的手落了空。

冠先生也来得厉害，若无其事地把手顺便送给了瑞宣，很亲热地握了一会儿。然后，他又和瑞全拉手，而且把左手放在上面，轻轻地按了按，显出加劲儿的亲热。

祁老人不喜欢冠先生，带着小顺儿到自己屋里去。瑞宣和瑞全陪着客人在客厅里谈话。

冠晓荷在军阀混战的时期，颇作过几任地位虽不甚高，而油水很厚的官。他作过税局局长，头等县的县长，和省政府的小官儿。

近几年来，他的官运不甚好，所以他厌恶南京政府，而每日与失意的名士、官僚、军阀鬼混。他总以为他的朋友中必定有一两个会重整旗鼓，再掌大权的，那么，他自己也就还有一步好的官运——也就是财运。和这些朋友交往，他的模样服装都很够格儿；同时，他的几句二黄，与八圈麻将，也都不甚寒碜。近来，他更学着念佛，研究些符咒与法术；于是，在遗老们所常到的恒善社，和其他的宗教团体与慈善机关，他也就有资格参加进去。

只有一样他来不及，他作不上诗文，画不上梅花或山水来。他所结交的名士们，自然用不着说，是会这些把戏的了；就连在天津作寓公的，有钱而失去势力的军阀与官僚，也往往会那么一招两招的。

他早知道钱默吟先生能诗善画，而家境又不甚宽绰。他久想送几个束脩，到钱家去熏一熏。他不希望自己真能作诗或作画，而只求知道一点术语和诗人画家的姓名，与派别，好不至于在名人们面前丢丑。

他设尽方法想认识钱先生，而钱先生始终像一棵树——你招呼他，他不理你。他又不敢直入公堂地去拜访钱先生，因为若一度遭了拒绝，就不好再谋面了。今天，他看见钱先生到祁家去，所以也赶过来。

没想到，他会碰了钱先生一个软钉子！他的心中极不高兴。他承认钱默吟是个名士，可是比钱默吟的名气大着很多的名士也没有这么大的架子呀！"给脸不要脸，好，咱们走着瞧吧！"

"这两天时局很不大好呢！有什么消息没有？"

"没什么消息，"瑞宣也不喜欢冠先生，可是没法不和他敷衍，"荷老看怎样？"

"这个——"冠先生把眼皮垂着，嘴张着一点，做出很有见解的样子，"这个——很难说！总是当局的不会应付。若是应付得好，我想事情绝不会弄到这么严重！"

瑞全的脸又红起来，语气很不客气地问："冠先生，你看应当怎样应付呢？"

"我？"冠先生含笑地愣了一小会儿，"这就是不在其位，不谋其政了！我现在差不多是专心研究佛法。告诉二位，佛法中的滋味实在是其妙无穷！"

他正要往下说佛法，他的院里一阵喧哗。他立起来，听了听。"噢，大概是二小姐回来了！昨天她上北海去玩，大概是街上一乱，北海关了前后门，把她关在里边了。好，我看看去，咱们改天再畅谈。"说罢，他脸上镇定，而脚步相当快地往外走。

祁家弟兄往外相送。瑞宣看了三弟一眼，三弟的脸红了一小阵儿。

已到门口，冠先生很恳切地，低声地向瑞宣说："不要发慌！就是日本人真进了城，咱们也有办法！有什么过不去的事，找我来，咱们是老邻居，应当互助！"

四

天很热，而全国的人心都凉了，北平陷落！

李四爷立在槐荫下，声音凄惨地对大家说："预备下一块白布吧！万一非挂旗不可，到时候用胭脂涂个红球就行！庚子年，我们可是挂过！"他的身体虽还很强壮，可是今天他感到疲乏。说完话，他蹲在了地上，呆呆地看着一条绿槐虫儿。

李四妈在这两天里迷迷糊糊地似乎知道有点什么危险，可是始终也没细打听。今天，她听明白了是日本兵进了城，她不再骂她的老头子，而走出来与他蹲在了一处。

拉车的小崔，赤着背出来进去地乱晃。今天没法出车，而家里没有一粒米。晃了几次，他凑到李老夫妇的跟前："四奶奶！您还得行行好哇！"

李四爷没有抬头，还看着地上的绿虫儿。李四妈，不像平日那么哇啦哇啦的，用低微的声音回答："待一会儿，我给你送二斤杂合面儿去！"

"那敢情好！我这儿谢谢四奶奶啦！"小崔的声音也不很高。

"告诉你，好小子，别再跟家里的吵！日本鬼子进了城！"李四妈没说完，叹了口气。

剃头匠孙七并不在剃头棚子里耍手艺，而是在附近一带的铺户做包月活。从老手艺的水准说，他对打眼、掏耳、捶背和刮脸，都很出色。对新兴出来的花样，像推分头、烫发什么的，他都不会，也不屑于去学——反正他做买卖家的活是用不着这一套新手艺的。今天，铺子都没开市，他在家中喝了两盅闷酒，脸红扑扑地走出来。借着点酒力，他想发发牢骚：

"四太爷！您是好意。告诉大伙儿挂白旗，谁爱挂谁挂，我孙七可就不能挂！我恨日本鬼子！我等着，他们敢进咱们的小羊圈，我教他们知道知道我孙七的厉害！"

六号没有人出来。小文夫妇照例现在该吊嗓子，可是没敢出声。刘师傅在屋里用力地擦自己的一把单刀。

头上已没有了飞机，城外已没有了炮声，一切静寂。只有响晴的天上似乎有一点什么波动，随人的脉搏轻跳，跳出一些金的星，白的光。亡国的晴寂！

瑞宣，胖胖的，长得很像父亲。不论他穿着什么衣服，他的样子老是那么自然，文雅。这个文文雅雅的态度，在祁家是独一份儿。

他很用功，对中国与欧西的文艺都有相当的认识。可惜他没机会，或财力，去到外国求深造。在学校教书，他是顶好的同事与教师，可不是顶可爱的，因为他对学生的功课一点也不马虎，对同事们的应酬也老是适可而止。

在思想上，他与老三很接近，而且或者比老三更深刻一点。所以，在全家中，他只与老三说得来。可是，与老三不同，他不愿时常发表他的意见。这并不是因为他骄傲，不屑于对牛弹琴，而是他心中老有点自愧——他知道的是甲，而只能做到乙，或者甚至于只到丙或丁。

北平陷落了,瑞宣像个热锅上的蚂蚁,出来进去,不知道要做什么好。他失去了平日的沉静,也不想去掩饰。他从平日积蓄下来的知识中,去推断中日的战事与世界的关系。他知道中日的战争必定会使世界的地理与历史改观,可是摆在他面前的却是这一家老少的安全与吃穿。今天,北平亡了,该怎么办?平日,他已是当家的;今天,他的责任与困难更要增加许多倍!在一方面,他是个公民,而且是个有些知识与能力的公民,理当去给国家做点什么,在这国家有了极大危难的时候。在另一方面,一家老的老,小的小,平日就依仗着他,现在便更需要他。他能甩手一走吗?不能!不能!可是,不走便须在敌人脚底下作亡国奴,他不能受!不能受!

老二还在屋中收听广播——日本人的广播。

老三在院中把脚跳起多高:"老二,你要不把它关上,我就用石头砸碎了它!"

小顺儿吓愣了,忙跑到祖母屋里去。祖母微弱的声音叫着:"老三!老三!"

瑞宣一声没出地把老三拉到自己的屋中来。

哥儿俩对愣了好大半天,都想说话,而不知从何处说起。老三先打破了沉寂,叫了声:"大哥!"瑞宣没有答应出来,好像有个枣核堵住了他的嗓子。老三把想起来的话又忘了。

屋里,院中,到处,都没有声响。天是那么晴,阳光是那么亮,可是整个的大城——九门紧闭——像晴光下的古墓!忽然地,远处有些声音,像从山上往下轱辘石头。

"老三,听!"瑞宣以为是重轰炸机的声音。

"敌人的坦克车,在街上示威!"老三的嘴角上有点为阻拦嘴唇颤动的惨笑。

老大又听了听。"对!坦克车!辆数很多!哼!"他咬住了嘴唇。

坦克车的声音更大了，空中与地上都在颤抖。

最爱和平的中国的最爱和平的北平，带着它的由历代的智慧与心血而建成的湖山、宫殿、坛社、寺宇、宅园、楼阁与九条彩龙的影壁，带着它的合抱的古柏、倒垂的翠柳、白玉石的桥梁，与四季的花草，带着它的最轻脆的语言、温美的礼貌、诚实的交易、徐缓的脚步，与唱给宫廷听的歌剧……不为什么，不为什么，突然地被飞机与坦克强奸着它的天空与柏油路！

"大哥！"老三叫了声。

街上的坦克，像几座铁矿崩炸了似的发狂地响着，瑞宣的耳与心仿佛全聋了。

"大哥！"

"啊？"瑞宣的头偏起一些，用耳朵来找老三的声音。"噢！说吧！"

"我得走！大哥！不能在这里作亡国奴！"

"啊？"瑞宣的心还跟着坦克的声音往前走。

"我得走！"瑞全重复了一句。

"走？上哪儿？"

坦克的声音稍微小了一点。

"上哪儿都好，就是不能在太阳旗下活着！"

"对！"瑞宣点了点头，胖脸上起了一层小白疙瘩，"不过，也别太忙吧？谁知道事情准变成什么样子呢？万一过几天'和平'解决了，岂不是多此一举？你还差一年才能毕业！"

"你想，日本人能叼住北平，再撒了嘴？"

"除非把华北的利益全给了他！"

"没了华北，还有北平？"

瑞宣愣了一会儿，才说："我是说，咱们允许他用经济侵略，他也许收兵。武力侵略没有经济侵略那么合算。"

坦克车的声音已变成像远处的轻雷。

瑞宣听了听，接着说：“我不拦你走，只是请你再稍等一等！”

“要等到走不了的时候，可怎么办？”

瑞宣叹了口气。“哼！你……我永远走不了！”

“大哥，咱们一同走！”

瑞宣的浅而惨的笑又显露在抑郁的脸上：“我怎么走？难道叫这一家老小都……”

“太可惜了！你看，大哥，数一数，咱们国内像你这样受过高等教育，又有些本事的人，可有多少？”

“我没办法！”老大又叹了口气，“只好你去尽忠，我来尽孝了！”

这时候，李四爷已立起来，轻轻地和白巡长谈话。白巡长已有四十多岁，脸上剃得光光的，看起来还很精神。他很会说话，遇到住户们打架拌嘴，他能一面挖苦，一面恫吓，而把大事化小，小事化无。因此，小羊圈一带的人们都怕他的利口，而敬重他的好心。

今天，白巡长可不十分精神。他深知道自己的责任是怎样的重大——没有巡警就没有治安可言。可是，今天北平被日本人占据了；从此他就得给日本人维持治安了！论理说，北平既归了外国人，就根本没有什么治安可讲。但是，他还穿着那身制服，还是巡长！他不大明白自己是干什么呢！

"你看怎样呀？巡长！"李四爷问，“他们能不能乱杀人呢？”

"我简直不敢说什么，四大爷！"白巡长的语声很低，“我仿佛是教人家给扣在大缸里啦，看不见天地！”

"咱们的那么多的兵呢？都哪儿去啦？"

"都打仗来着！打不过人家呀！这年月，打仗不能专凭胆子大，身子棒啦！人家的枪炮厉害，有飞机坦克！咱们……"

"那么，北平城是丢铁了？"

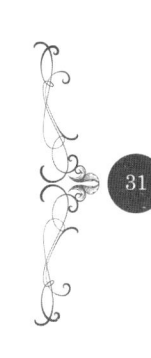

"大队坦克车刚过去,你难道没听见?"

"铁啦?"

"铁啦!"

"怎么办呢?"李四爷把声音放得极低,"告诉你,巡长,我恨日本鬼子!"

巡长向四外打了一眼:"谁不恨他们!得了,说点正经的:四大爷,你待会儿到祁家,钱家去告诉一声,教他们把书什么的烧一烧。日本人恨念书的人!家里要是存着三民主义或是洋文书,就更了不得!我想这条胡同里也就是他们两家有书,你去一趟吧!我不好去——"巡长看了看自己的制服。

李四爷点头答应。白巡长无精打采地向葫芦腰里走去。

四爷到钱家拍门,没人答应。他知道钱先生有点古怪脾气,又加上在这兵荒马乱的时候不便惹人注意,所以等了一会儿就上祁家来。

祁老人的诚意欢迎,使李四爷心中痛快了一点。祁老人觉着书籍都是钱买来的,烧了未免可惜。他打算教孙子们挑选一下,把该烧的卖给"打鼓儿的"好了。

"那不行!"李四爷对老邻居的安全是诚心关切着的,"这两天不会有打鼓儿的;就是有,他们也不敢买书!"说完,他把刚才没能叫开钱家的门的事也告诉了祁老者。

祁老者在院中叫瑞全:"瑞全,好孩子,把洋书什么的都烧了吧!都是好贵买来的,可是咱们能留着它们惹祸吗?"

老三对老大说:"看!焚书坑儒!你怎样?"

"老三你说对了!你是得走!我既走不开,就认了命!你走!我在这儿焚书,挂白旗,当亡国奴!"老大无论如何再也控制不住自己,他落了泪。

"听见没有啊,小三儿?"祁老者又问了声。

"听见了！马上就动手！"瑞全不耐烦地回答了祖父，而后小声地问瑞宣："大哥！你要是这样，教我怎好走开呢？"

瑞宣用手背把泪抹去。"你走你的，老三！要记住，永远记住，你家的老大并不是个没出息的人……"他的嗓子里噎了几下，不能说下去。

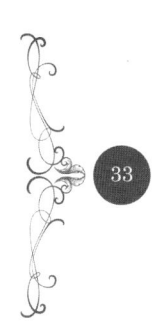

五

瑞全把选择和焚烧书籍的事交给了大哥。他还没有能决定怎样走，和向哪里走，可是他的心似乎已从身中飞出去；站在屋里或院中，他看见了高山大川，鲜明的军旗，凄壮的景色，与血红的天地。他要到那有鲜血与炮火的地方去跳跃，争斗。在那里，他应该把太阳旗一脚踢开，而把青天白日旗插上，迎着风飘荡！

祁老人听李四爷说叫不开钱家的门，很不放心。他知道钱家有许多书。他打发瑞宣去警告钱先生，可是瑞全自告奋勇地去了。

已是掌灯的时候，门外的两株大槐像两只极大的母鸡，张着慈善的黑翼，仿佛要把下面的五六户人家都盖覆起来似的。瑞全在影壁前停了一会儿，才到一号去叫门。不敢用力敲门，他轻轻地叩了两下门环，又低声假嗽一两下，为是双管齐下，好惹起院内的注意。这样做了好多次，里面才低声地问了声："谁呀？"他听出来，那是钱伯伯的声音。

"我，瑞全！"他把嘴放在门缝上回答。

里面很轻很快地开了门。

门洞里漆黑，教瑞全感到点不安。他一时决定不了是进去还是不进去好。他只好先将来意说明，看钱伯伯往里请他不请。

"钱伯伯！咱们的书大概得烧！今天白巡长嘱咐李四爷告诉咱们！"

"进去说，老三！"钱先生一边关门，一边说。

到了屋门口，钱先生教瑞全等一等，他去点灯。瑞全说不必麻烦。钱先生语声中带着点凄惨的笑："日本人还没禁止点灯！"

屋里点上了灯，瑞全才看到自己的四围都是长长短短的，黑糊糊的花丛。

"老三进来！"钱先生在屋中叫。瑞全进去，还没坐下，老者就问："怎样？得烧书？"

瑞全的眼向屋中扫视了一圈。"这些线装书大概可以不遭劫了吧？日本人恨咱们的读书人，更恨读新书的人；旧书或者还不至于惹祸！"

"噢！"钱默吟的眼闭了那么一下，"可是咱们的士兵有许多是不识字的，也用大刀砍日本人的头！对不对？"

瑞全笑了一下。"侵略者要是肯承认别人也是人，也有人性，会发火，他就无法侵略了！日本人始终认为咱们都是狗，踢着打着都不哼一声的狗！"

"那是个最大的错误！"钱先生的胖短手伸了一下，请客人坐下。他自己也坐下。"我是向来不问国家大事的人，因为我不愿谈我所不深懂的事。可是，有人来亡我的国，我就不能忍受！我可以任着本国的人去发号施令，而不能看着别国的人来作我的管理人！"他的声音还像平日那么低，可是不像平日那么温柔。愣了一会儿，他把声音放得更低了些，说："你知道吗，我的老二今天回来啦！"

"二哥在哪儿呢？我看看他！"

"又走啦！又走啦！"钱先生的语声里似乎含着点什么秘密。

"他说什么来着？"

"他？"钱默吟把声音放得极低，几乎像对瑞全耳语呢。"他来跟我告别！"

"他上哪儿？"

"不上哪儿！他说，他不再回来了！教我在将来报户口的时候，不要写上他；他不算我家的人了！"钱先生的语声虽低，而眼中发着点平日所没有的光；这点光里含着急切，兴奋，还有点骄傲。

"他要干什么去呢？"

老先生低声地笑了一阵。"我的老二就是个不爱线装书，也不爱洋装书的人。可是他就不服日本人！你明白了吧？"

瑞全点了点头。"二哥要跟他们干？可是，这不便声张吧？"

"怎么不便声张呢？"钱先生的声音忽然提高，像发了怒似的。

院中，钱太太咳嗽了两声。

"没事！我和祁家的老三说闲话儿呢！"钱先生向窗外说。而后，把声音又放低，对瑞全讲："这是值得骄傲的事！我——一个横草不动，竖草不拿的人——会有这样的一个儿子，我还怕什么？我只会在文字中寻诗，我的儿子——一个开汽车的——可是会在国破家亡的时候用鲜血去作诗！我丢了一个儿子，而国家会得到一个英雄！什么时候日本人问到我的头上来：那个杀我们的是你的儿子？我就胸口凑近他们的枪刺，说：一点也不错！我还要告诉他们：我们还有多少多少像我的儿子的人呢！你们的大队人马来，我们会一个个地零削你们！你们在我们这里坐的车，住的房，喝的水，吃的饭，都会教你们中毒！中毒！"钱先生一气说完，把眼闭上，嘴唇上轻颤。

瑞全听愣了。愣着愣着，他忽然地立起来，扑过钱先生去，跪下磕了一个头："钱伯伯！我一向以为你只是个闲人，只会闲扯！

现在……我给你道歉！"没等钱先生有任何表示，他很快地立起来。"钱伯伯，我也打算走！"

"走？"钱先生细细地看了看瑞全。"好！你应当走，可以走！你的心热，身体好！"

"你没有别的话说？"瑞全这时候觉得钱伯伯比任何人都可爱，比他的父母和大哥都更可爱。

"只有一句话！到什么时候都不许灰心！人一灰心便只看到别人的错处，而不看自己的消沉堕落！记住吧，老三！你们是迎着炮弹往前走，我们是等着锁镣加到身上而不能失节！来吧，我跟你吃一杯酒！"

钱先生向桌底下摸了会儿，摸出个酒瓶来，浅绿，清亮，像翡翠似的——他自己泡的茵陈。不顾得找酒杯，他顺手倒了两半茶碗。一仰脖，他把半碗酒一口吃下，咂了几下嘴。

瑞全没有那么大的酒量，可是不便示弱，也把酒一饮而尽。酒力登时由舌上热到胸中。

"钱伯伯！"瑞全咽了几口热气才说，"我不一定再来辞行啦，多少要保守点秘密！"

"还辞行？老实说，这次别离后，我简直不抱再看见你们的希望！'风萧萧兮易水寒，壮士一去兮不复还！'"钱先生手按着酒瓶，眼中微微发了湿。

"我走啦！"他几乎没敢再看钱先生。

钱先生一声没出地给瑞全开了街门，看着瑞全出去；而后，把门轻轻关好，长叹了一声。

瑞全的半碗酒吃猛了点，一着凉风，他的血流得很快，好像河水开了闸似的。立在槐树的黑影下，他倾耳细听，街上没有一点声音。那最常听到的电车铃声，与小贩的呼声，今天都一律停止。北平是在悲泣！

忽然地，槐树尖上一亮，像在梦中似的，他猛孤丁地看见了许多

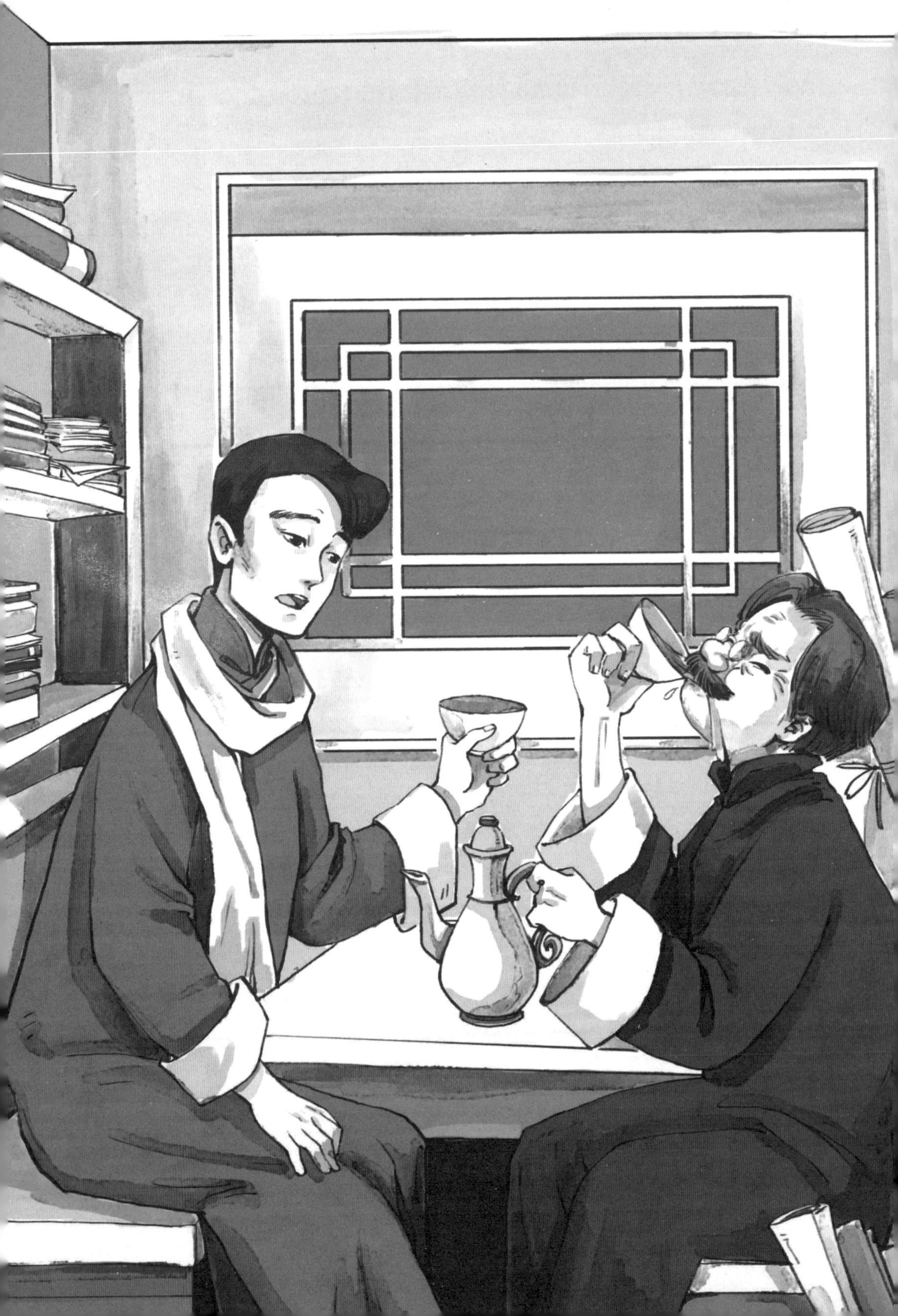

房脊。光亮忽然又闪开，眼前依旧乌黑，比以前更黑。远处的天上，忽然又划过一条光来，很快地来回闪动；而后，又是一条，与刚才的一条交叉到一处，停了一停；天上亮，下面黑，空中一个颤动的白的十字。星星失去了光彩，侵略者的怪眼由城外扫射着北平的黑夜。

三号的门开了。招弟小姐出来，立在阶上，仰着头向上找，大概是找那些白光呢。她是小个子，和她的爸爸一样的小而俊俏。她的眼最好看，很深的双眼皮，一对很亮很黑的眼珠，眼珠转到眶中的任何部分都显着灵动俏媚。

她现在穿着件很短的白绸袍，很短很宽，没有领子。她的白脖颈全露在外面，小下巴向上翘着；仿佛一个仙女往天上看有什么动静呢。院内的灯光照到大槐上，大槐的绿色又折到她的白绸袍上，给袍子轻染上一点灰暗，像用铅笔轻轻擦上的阴影。

瑞全的心跳得更快了。他几乎没加思索，就走了过来。他走得极轻极快，像自天而降地立在她的面前。这，吓了她一跳，她把手放在了胸口上。

"你呀？"她把手放下去，一双因惊恐而更黑更亮的眼珠定在了他的脸上。

"走一会儿去？"瑞全轻轻地说。

她摇了摇头，而眼中含着点歉意地说："那天我就关在了北海一夜，不敢再冒险了！"

"咱们是不是还有逛北海的机会呢？"

"怎么没有？"她把右手扶在门框上，脸儿稍偏着点问。

瑞全没有回答她。他心中很乱。

"爸爸说啦，事情并不怎么严重！"

"啾！"他的语气中带着惊异与反感。

"瞧你这个劲儿！进来吧，咱们凑几圈小牌，好不好？多闷得慌啊！"她往前凑了一点。

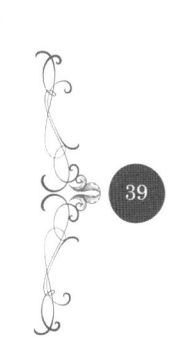

"我不会！明天见吧！"像往前带球似的，他三两步跑到自己家门前。开开门，回头看了一眼，她还在那里立着呢。他想再回去和她多谈几句，可是像带着怒似的，梆的一声关上门。

他几乎一夜没能睡好。

招弟的语言，态度，教他极失望。他万没想到在城池陷落的日子，她还有心想到打牌！

去她的吧！日本人已入了城，还想这一套？没出息！他闭紧了眼。

但是，他睡不着。由头儿又想了一遍，还是想不清楚。

他开始替她想：假若她留在北平，她将变成什么样子呢？说不定，她的父亲还会因求官得禄而把她送给日本人呢！想到这里，他猛地坐了起来。教她去伺候日本人？教她把美丽、温柔，与一千种一万种美妙的声音、眼神、动作，都送给野兽？

不过，即使他的推测不幸而变为事实，他又有什么办法呢？还是得先打出日本鬼子去吧？他又把脊背放在了床上。

头一遍鸡鸣！他默数着一二三四……

六

　　玉泉山的泉水还闲适地流着,积水滩、后海、三海的绿荷还在吐放着清香;北面与西面的青山还在蓝而发亮的天光下面雄伟地立着;天坛,公园中的苍松翠柏还伴着红墙金瓦构成最壮美的景色;可是北平的人已和北平失掉了往日的关系;北平已不是北平人的北平了。在苍松与金瓦的上面,悬着的是日本旗!人们的眼都在相互地问:"怎么办呢?"而得到的回答只是摇头与羞愧!

　　只有冠晓荷先生的心里并没感觉到有什么不舒服。

　　从老早,他就恨恶南京,因为国民政府,始终没有给他一个差事。由这点恨恶向前发展,他也就看不起中国。他觉得中国毫无希望,因为中国政府没有给他官儿作!他想:日本人一时绝难派遣成千成万的官吏来,而必然要用些不抗日的人们去办事。那么,他便最有资格去做事,因为凭良心说,他向来没存过丝毫的抗日的心思。

　　在全城的人都惶惑不安的时节,冠晓荷开始去活动。在他第一次出门的时候,他的心中颇有些不安。街上重要的路口,像四牌楼,新街口，和护国寺街口，都有武装的日本人站岗，枪上都上着明晃晃的刺刀。人们过这些街口，都必须向岗位深深地鞠躬。他很喜欢鞠躬，而且很会鞠日本式的躬；不过，他身上并没有什么特别的证章或标志，万一日本兵因为不认识他而给他一些麻烦呢？人家日本人有的是子弹，随便闹着玩也可以打死几个人呀！

冠晓荷"马不停蹄"。可是，他并没奔走出什么眉目来。和大赤包转了两天，他开始明白，政治与军事的大本营都在天津。策动侵华的日本人在天津，最愿意最肯帮助日本人的华人也在那里。

可是，冠晓荷并不灰心。他十分相信他将要交好运，而大赤包的鼓励与协助，更教他欲罢不能。自从娶了尤桐芳以后，他总是与小太太串通一气，夹攻大赤包。大赤包虽然气派很大，敢说敢打敢闹，可是她的心地却相当的直爽，只要得到几句好话，她便信以为真地去原谅人。这回在城亡国辱之际，除了凑不上手打牌，与不能出去看戏，她并没感到有什么可痛心的，也没想到晓荷的好机会来到。及至听到他的言论，她立刻兴奋起来。她看到了官职，金钱，酒饭，与华美的衣服。她应当拼命去帮助丈夫，好教这些好东西快快到她的手中。

第三天，她决定和晓荷分头出去。由前两天的经验，她晓得留在北平的朋友们都并没有什么很大的势力，所以她一方面教晓荷去找他们，多有些联络反正是有益无损的；在另一方面，她自己去另辟门路，专去拜访妇女们——那些在天津的阔人们的老太太、太太、姨太太，或小姐，因为爱听戏或某种原因而留在北平的。她觉得这条路子比晓荷的有更多的把握，因为她既自信自己的本领，又知道运动官职地位是须走内线的。把晓荷打发走，她嘱咐桐芳看家，而教两个女儿也出去：

"你们也别老坐在家里白吃饭！出去给你爸爸活动活动！"

高第和招弟并不像妈妈那么热心。虽然她们的家庭教育教她们喜欢热闹，奢侈，与玩乐，可是她们究竟是年轻一代的人；她们多少也知道些亡国的可耻。

招弟先说了话。她是妈妈的"老"女儿，所以比姐姐得宠。"妈，听说路上遇见日本兵，就要受搜查呢！他们专故意地摸女人的胸口！"

"教他们摸去吧！还能摸掉你一块肉？"大赤包一旦下了决心，是什么也不怕的。"你呢？"她问高第。

高第比妹妹高着一头，后影儿很好看，而面貌不甚美——嘴唇太厚，鼻子太短，只有两只眼睛还有时候显着挺精神。她的身量与脾气都像妈妈，所以不得妈妈的喜欢；两个硬的碰到一块儿，谁也不肯退让，就没法不碰出来火光。在全家中，她可以算作最明白的人，有时候她敢说几句他们最不爱听的话。因此，大家都不敢招惹她，也就都有点讨厌她。

"我要是你呀，妈，我就不能让女儿在这种时候出去给爸爸找官儿作！丢人！"高第把短鼻子纵成一条小硬棒子似的说。

"好！你们都甭去！赶明儿你爸爸挣来钱，你们可别伸手跟他要啊！"大赤包一手抓起刺绣的手提包，一手抓起小檀香骨的折扇，像战士冲锋似的走出去。

"妈！"招弟把娘叫住，"别生气，我去！告诉我上哪儿？"

大赤包匆忙地由手提包里拿出一张小纸，和几块钱的钞票来。指着纸条，她说："到这几家去！别直入公堂地跟人家求事，明白吧？要顺口答音地探听有什么路子可走！你打听明白了，明天我好再亲自去。我要是一个人跑得过来，决不劳动你们小姐们！真！我跑酸了腿，决不为我自己一个人！"

交代完，大赤包口中还唧唧咕咕地叨唠着走出去。招弟手中拿着那张小纸和几张钞票，向高第吐了吐舌头。"得！先骗过几块钱来再说！姐姐，咱们俩出去玩会儿好不好？等妈妈回来，咱们就说把几家都拜访过了，可是都没有人在家，不就完啦？"

"上哪儿去玩？还有心情去玩？"高第皱着眉说。

"没地方去玩倒是真的！都是臭日本鬼子闹的！"招弟噘着小嘴说，"也不知什么时候才能太平。"

"谁知道！招弟，假若咱们打不退日本兵，爸爸真去给鬼子做事，咱们怎办呢？"

"咱们？"招弟眨着眼想了一会儿，"我想不出来！你呢？"

"那，我就不再吃家里的饭！"

"哟！"招弟把脖儿一缩，"你净拣好听的说！你有挣饭吃的本事吗？"

"嘻！"高第长叹了一口气。

"我看哪，你是又想仲石了，没有别的！"

"我倒真愿去问问他，到底这都是怎么一回事！"

仲石是钱家那个以驶汽车为业的二少爷。他长得相当的英俊，在驶着车子的时候，他的脸蛋红红的，头发蓬松着，显出顶随便，而又顶活泼的样子；及至把蓝布的工人服脱掉，换上便装，头发也梳拢整齐，他便又像个干净利落的小机械师。虽然他与冠家是紧邻，他可是向来没注意过冠家的人们，因为第一他不大常回家来，第二他很喜爱机械，心里几乎没想过女人。

有一个时期，他给一家公司开车，专走汤山。高第，有一次，参加了一个小团体，到汤山旅行，正坐的是仲石的车。她有点晕车，所以坐在了司机台上。她认识仲石，仲石可没大理会她。及至说起话来，他才晓得她是冠家的姑娘，而对她相当的客气。在他，这不过是情理中当然的举动，丝毫没有别的意思。可是，高第，因为他的模样的可爱，却认为这是一件罗曼司的开始。越是这样无可捉摸，她越感到一种可爱的苦痛。

在招弟看来，钱家全家的人都有些古怪；仲石虽然的确是个漂

亮青年，可是职业与身分又都太低。尽管姐姐的模样不秀美，可还犯不上嫁个汽车司机的。在高第心中呢，仲石必是个能做一切，知道一切的人，而暂时地以开车为好玩，说不定哪一天他就会脱颖而出，变成个英雄，或什么承受巨大遗产的财主，像小说中常见到的那样的人物。

今天，招弟又提起仲石来，高第严肃地回答：

"就算他是个不折不扣的汽车夫吧，也比跪下向日本人求官作的强，强得多！"

七

瑞宣没顾得戴帽子,匆匆地走出去。

他是在两处教书。一处是市立中学,有十八个钟点,都是英语。另一处是一个天主教堂立的补习学校,他只教四个钟头的中文。兼这四小时的课,他并不为那点很微薄的报酬,而是愿和校内的意国与其他国籍的神父们学习一点拉丁文和法文。他是个不肯教脑子长起锈来的人。

大街上并没有变样子。他很希望街上有了惊心的改变,好使他咬一咬牙,管什么父母子女,且去身赴国难。可是,街上还是那个老样儿,只是行人车马很少,教他感到寂寞,空虚,与不安。

到了学校,果然已经上了课,学生可是并没有到齐。今天没有他的功课,他去看看意国的窦神父。平日,窦神父是位非常和善的人;今天,在祁瑞宣眼中,他好像很冷淡,高傲。瑞宣不知道这是事实,还是因自己的心情不好而神经过敏。说过两句话后,神父板着脸指出瑞宣的旷课。瑞宣忍着气说:"在这种情形之下,我想必定停课！"

"噢！"神父的神气十分傲慢，"平常你们都很爱国，赶到炮声一响，你们就都藏起去！"

瑞宣咽了口吐沫，愣了一会儿。他又忍住了气。他觉得神父的指摘多少是近情理的，北平人确是缺乏西洋人的那种冒险的精神与英雄气概。神父，既是代表上帝的，理当说实话。想到这里，他笑了一下，而后诚意地请教：

"窦神父！你看中日战争将要怎么发展呢？"

神父本也想笑一下，可是被一点轻蔑的神经波浪把笑拦回去。"我不知道！我只知道改朝换代是中国史上常有的事！"

瑞宣的脸上烧得很热。他从神父的脸上看到人类的恶根性——崇拜胜利（不管是用什么恶劣的手段取得的胜利），而对失败者加以轻视及污蔑。他一声没出，走了出来。

已经走出半里多地，他又转身回去，在教员休息室写了一张纸条，叫人送给窦神父——他不再来教课。

再由学校走出来，他觉得心中轻松了一些。可是没有多大一会儿，他又觉得这实在没有什么可得意的；一个被捉进笼中的小鸟，尽管立志不再啼唱，又有什么用处呢？他有点头疼。

进了家门，他看见祁老人、天佑、瑞丰夫妇，都围着枣树闲谈呢。瑞丰手里捧着好几个半红的枣子，一边吃，一边说："这就行了！甭管日本人也罢，中国人也罢，只要有人负责，诸事就都有了办法。"

瑞丰长得干头干脑的，什么地方都仿佛没有油水。因此，他特别注意修饰，凡能以人工补救天然的，他都不惜工本，虔诚修治。他的头发永远从当中分缝，生发油与生发蜡上得到要往下流的程度。

现在，他是一家中学的庶务主任。

瑞宣与瑞全都看不上老二。可是祁老人、天佑和天佑太太都相当地喜欢他,因为他的现实主义使老人们觉得他安全可靠,不至于在外面招灾惹祸。假若不是他由恋爱而娶了那位摩登太太,老人们必定会派他当家过日子;他是那么会买东西,会交际,会那么婆婆妈妈地和七姑姑八老姨都说得来。

"大哥!"瑞丰叫得很亲切,显出心中的痛快,"我们学校决定了用存款维持目前,每个人——不论校长、教员和职员——都暂时每月拿二十块钱维持费。大概你们那里也这么办。二十块钱,还不够我坐车吸烟的呢!可是,这究竟算是有了个办法,是不是?听说,日本的军政要人今天在日本使馆开会,大概不久就能发表中日两方面的负责人。一有人负责,我想,经费就会有了着落,维持费或者不至于发好久。得啦,这总算都有了头绪;管他谁组织政府呢,反正咱们能挣钱吃饭就行!"

瑞宣很大方地一笑,没敢发表自己的意见。在父子兄弟之间,他知道,沉默有时候是最保险的。

祁老人连连地点头,完全同意于二孙子的话。他可是没开口说什么,因为二孙媳妇也在一旁,他不便当众夸奖孙子,而增长他们小夫妇的骄气。

"你到教堂去啦?怎么样?"天佑问瑞宣。

瑞丰急忙把嘴插进来:"大哥,那个学校可是你的根据地!公立学校——或者应当说,中国人办的学校——的前途怎样,谁还也不敢说。外国人办的就是铁杆儿庄稼!你马上应当运动,多得几个钟点!洋人决不能教你拿维持费!"

瑞宣本来想暂时不对家中说他刚才在学校中的举动,等以后自己找到别的事,补偿上损失,再告诉大家。经老二这么一通,他冒了火。还笑着,可是笑得很不好看,他声音很低,而很清楚地说:"我已经把那四个钟头辞掉了!"

说完,他突然转过身,走进老三屋里去。

八

冠晓荷的俊美的眼已陷下两个坑儿,脸色也黑了一些。他可是一点也不灰心,他既坚信要转好运,又绝不疏忽了人事。他到处还是侃侃而谈,谈得嗓子都有点发哑,口中有时候发臭。他买了华达丸含在口中,即使是不说话的时候,口中好还有些事做。

这天,冠晓荷在外边又碰了钉子,回到家中,正赶上冠太太回来不久。她一面换衣服,一面喊洗脸水和酸梅汤。她的赤包儿式的脸上已褪了粉,口与鼻大吞大吐地呼吸着,声势非常的大,仿佛是刚刚抢过敌人的两三架机关枪来似的。

大赤包对丈夫的财禄是绝对乐观的。这并不是她信任丈夫的能力,而是相信她自己的手眼通天。在这几天内,她已经和五位阔姨太太结为干姊妹,而且顺手儿赢了两千多块钱。她预言:不久她就会和日本太太们结为姊妹,而教日本的军政要人们也来打牌。

因为满意自己,所以她对别人不能不挑剔。"招弟!你干了什么?高第你呢?怎么?该加劲儿的时候,你们反倒歇了工呢?"然后，指槐骂柳地，仍对两位小姐发言，而目标另有所在："怎么？出去走走，还晒黑了脸吗？我的脸皮老，不怕晒！我知道帮助丈夫兴家立业，不能专仗着脸子白，装小妖精！"

说完，她伸着耳朵听；假若尤桐芳有什么反抗的表示，她准备大举进攻。

尤桐芳，可是，没有出声。

大赤包把枪口转向丈夫来：

"你今天怎么啦？把事情全交给我一个人了？你也不害羞！走，天还早呢，你给我乖乖地再跑一趟去！你又不是裹脚的小妞儿，还怕走大了脚？"

"我走！我走！"冠先生拿腔作调地说，"请太太不要发脾气！"说罢，戴起帽子，懒洋洋地走出去。

他走后，尤桐芳对大赤包开了火。她颇会调动开火的时间：冠先生在家，她能忍就忍，为是避免祸首的罪名；等他一出门，她的枪弹便击射出来。大赤包的嘴已很够野的，桐芳还要野上好几倍。骂到连她自己都觉难以入耳的时候，她会坦率地声明："我是唱玩艺儿出身满不在乎！"

尤桐芳不记得她的父母是谁，"尤"是她养母的姓。四岁的时候，她被人拐卖出来。八岁她开始学鼓书。她相当的聪明，十岁便登台挣钱。十三岁，被她的师傅给强奸了，影响到她身体的发育，所以身量很矮。小扁脸，皮肤相当的细润，两只眼特别的媚。她的嗓子不错，只是底气不足，往往唱着唱着便声嘶力竭。她的眼补救了嗓子的不足。为生活，她不能不利用她的眼帮助歌唱。她一出台，便把眼从右至左打个圆圈：使台下的人都以为她是看自己呢。因此，她曾经红过一个时期。她到北平来献技的时候，已经是二十二岁。一来是，北平的名角太多；二来是她曾打过二次胎，中气更不足了；所以，她在北平不甚得意。就是在她这样失意的时候，冠先生给她赎了身。大赤包的身量——先不用多说别的——太高,所以他久想娶个矮子。

假若桐芳能好好地读几年的书,以她的身世,以她的聪明,她必能成为一个很有用的小女人。退一步说,即使她不读书,而能堂堂正正地嫁人,以她的社会经验,和所受的痛苦,她必能一扑纳心[1]地作个好主妇。她深知道华美的衣服,悦耳的言笑,丰腴的酒席,都是使她把身心腐烂掉,而被扔弃在烂死岗子的毒药。在表面上,她使媚眼,她歌唱,她开玩笑,而暗地里她却以泪洗面。她切盼遇到个老实的男人,给她一点生活的真实。可是,她只能作姨太太!除了她的媚眼无法一时改正——假如她遇上一个好男人——她愿立刻改掉一切的恶习。但是,姨太太是"专有"的玩物;她须把媚惑众人的手段用来取悦一个人。在心里,她不比任何人坏;或者,因为在江湖上走惯了,她倒比一般的人更义气一些。

今天,她的责骂不仅是为她自己,而且是为了她的老家——辽宁。她不准知道自己是关外人不是,但是她记得在沈阳的小河沿卖过艺,而且她的言语也是那里的。既无父母,她愿妥定地有个老家,好教自己觉得不是无根的浮萍。她知道日本人骗去了她的老家,也晓得日本人是怎样虐待着她的乡亲,所以她深恨大赤包的设尽方法想接近日本人。

在全家里,她只和高第说得来。冠晓荷对她相当的好,但是他的爱她纯粹是宠爱玩弄,而毫无尊重的意思。高第呢,既不得父母的欢心,当然愿意有个朋友,所以对桐芳能平等相待,而桐芳也就对高第以诚相见。

桐芳叫骂了一大阵以后,高第过来劝住了她。雷雨以后,多数是晴天;桐芳把怨气放尽,对高第特别的亲热。两个人谈起心来。一来二去的,高第把自己的一点小秘密告诉了桐芳,引起桐芳许多

---

[1] 一扑纳心:一心一意。

的感慨。

"我没见过西院里的二爷。不过，要嫁人的话，就嫁个老老实实的人；不怕穷点，只要小两口儿能消消停停地过日子就好！你甭忙，我去帮你打听！我这一辈子算完了，睁开眼，天底下没有一个亲人！不错，我有个丈夫；可是，又不算个丈夫！我就盼着你有一门子好亲事，也不枉咱们俩相好一程子！"

高第的短鼻子上纵起不少条儿笑纹。

九

北平的天又高起来！"八一三"！上海的炮声把久压在北平人的头上的黑云给掀开了！

瑞丰有点见风使舵。见大家多数的都喜欢上海开仗的消息，他觉得也应当随声附和。在他心里，他并没细细地想过到底打好，还是不打好。他只求自己的态度不使别人讨厌。

瑞丰刚要赞美抗战，又很快地改了主意，因为太太的口气"与众不同"。

瑞丰太太，往好里说，是长得很富态；往坏里说呢，干脆是一块肉。身量本就不高，又没有脖子，猛一看，她很像一个啤酒桶。脸上呢，本就长得蠢，又尽量地往上涂抹颜色，头发烫得像鸡窝，便更显得蠢而可怕。她不只是那么一块肉，而且是一块极自私的肉。

"打上海有什么可乐的？"她的厚嘴唇懒懒地动弹，声音不大，似乎喉眼都糊满脂肪。"我还没上过上海呢！炮轰平了它，怎么办？"

"轰不平！"瑞丰满脸赔笑地说，"打仗是在中国地，大洋房都在租界呢，怎能轰平？就是不幸轰平了，也没关系；赶到咱们有钱去逛的时候，早就又修起来了；外国人多么阔，说修就修，说拆就拆，快得很！"

"不论怎么说，我不爱听在上海打仗！等我逛过一回再打仗不行吗？"

瑞丰很为难，他没有阻止打仗的势力，又不愿得罪太太，只好不敢再说上海打仗的事。

中国的飞机出动！北平人的心都跳起多高！小崔的耳边老像有飞机响似的，抬着头往天上找。他看见一只敌机，但是他硬说是中国的："我看得清楚极了！飞机的翅膀上画着青天白日，一点错没有！咱们的飞机既能炸上海，就能炸北平！"

小崔哼唧着小曲，把车拉出去。到车口，他依然广播着他看见了中国飞机。在路上，看到日本兵，他扬着点脸飞跑；跑出相当的远，他高声地宣布："全杀死你们忘八旦的！"而后，把咱们的飞机飞过天空的事，告诉给坐车的人。

李四爷许久也没应下活来——城外时时有炮声，有几天连巡警都罢了岗，谁还敢搬家呢？今天，他应下一档儿活来，不是搬家，而是出殡。他的本行是"窝脖儿"，到了晚年，他也应丧事。在护国寺街口上，棺材上了杠。一把纸钱像白蝴蝶似的飞到空中，李四爷的尖锐清脆的声音喊出："本家儿赏钱八十吊啊！"抬杠的人们一齐喊了声"啊！"李四爷，穿着孝袍，精神百倍地，手里打着响尺，好像把满怀的顾虑与牢骚都忘了。

李四大妈在小羊圈口上，站得紧靠马路边，为是看看丈夫领殡——责任很重的事——的威风。擦了好几把眼，看见了李四爷，她含笑地说了声："看这个老东西！"

棚匠刘师傅也有了事做。警察们通知有天棚的人家，赶快把棚席拆掉。警察们没有告诉大家拆棚的理由，可是大家都猜到这是日本鬼子怕中央的飞机来轰炸；席棚是容易起火的。刘师傅忙着出去拆棚。高高地站在房上，他希望能看到咱们的飞机。

小文夫妇今天居然到院中来吊嗓子，好像已经不必再含羞带愧地做了。

连四号的马老寡妇也到门口来看看。她最胆小，自从卢沟桥响了炮，她就没迈过街门的门坎。她也不许她的外孙——十九岁的程长顺——去做生意，唯恐他有什么失闪。

这一程子，长顺闷得慌极了！外婆既不许他出去转街，又不准他在家里开开留声机。每逢他刚要把机器打开，外婆就说："别出声儿呀，长顺，教小日本儿，听见还了得！"

今天，长顺告诉外婆："不要紧了，我可以出去做买卖啦！上海也打上了，咱们的飞机，一千架，出去炸日本鬼子！咱们准得打胜！上海一打胜，咱们北平就平安了！"

外婆不大信长顺的话，所以大着胆子亲自到门外调查一下；倒仿佛由门外就能看到上海似的。

全胡同中，大家都高兴，都准备着迎接胜利，只有冠晓荷心中不大痛快。他的事情还没有眉目。他很不痛快地决定这两天暂时停止活动，看看风色再说。

大赤包可深不以为然："你怎么啦？事情刚开头儿，你怎么懈了劲儿呢？上海打仗？关咱们什么屁事？凭南京那点兵就打得过日本？笑话！再有六个南京也不行！"大赤包差不多像中了邪。她以为后半世的产业与享受都凭此一举，绝对不能半途而废。

凑巧，六号住的丁约翰回来了。丁约翰的父亲是个基督徒，在庚子年被义和团给杀了。父亲殉道，儿子就得到洋人的保护；约翰从十三岁就入了"英国府"作打杂儿的。渐渐地，他升为摆台的，现在已经是四十多岁的人了。虽然摆台的不算什么很高贵的职业，可是由小羊圈的人们看来,丁约翰是与众不同的。他自己呢也很会吹嘘,一提到身家,他便告诉人家他是世袭基督徒,一提到职业,他便声明自己是在英国府做洋事——他永远管使馆叫作"府",因为"府"只比"宫"次一等儿。他在小羊圈六号住三间正房,并不像孙七和小崔们只住一间小屋。他的三间房都收拾得很干净,而且颇有些洋摆设:案头上有许多内容一样而封面不同的洋书——四福音书和圣诗;橱子里有许多残破而能将就使用的啤酒杯、香槟杯和各式样的玻璃瓶与咖啡盒子。论服装,他也有特异之处,他往往把旧西服上身套在大衫上当作马褂——当然是洋马褂。

在全胡同里,他只与冠家有来往。这因为:第一,他看不起别的人家,而大家也并不怎么特别尊敬他;第二,他看得起冠家,而冠家也能欣赏他的洋气,这已经打下友谊的基础,再加上,他由"府"里拿出来的一点黄油、咖啡,或真正的牛津橙子酱什么的,只有冠家喜欢要,懂得它们是多么地道,所以双方就更多了一些关系——他永远把这类的洋货公道地卖给冠家。

这次,他只带来半瓶苏格兰的灰色奇酒,打算白送给冠先生。

见丁约翰提着酒瓶进来,大赤包立刻停止了申斥丈夫,而把当时所能搬运到脸上的笑意全搬运上来:"哟!丁约翰!"

丁约翰听见大赤包亲热地叫他,他只从眼神上表示了点笑意——在英国府住惯了,他永远不敢大声地说笑。

"拿着什么?"大赤包问。

"灰色奇!送给你的,冠太太!"

"送?"她的心里颤动了一下。她顶喜欢小便宜。接过去,像抱吃奶的婴孩似的,她把酒瓶搂在胸前。"谢谢你呀,约翰!你喝什么茶?还是香片吧?你在英国府常喝红茶,该换换口味!"

"坐下,约翰!"冠先生也相当的客气,"有什么消息没有?上海的战事,英国府方面怎么看?"

"中国还能打得过日本吗？外国人都说，大概有三个月，至多半年，事情就完了！"丁约翰很客观地说，倒仿佛他不是中国人，而是英国的驻华外交官。

"怎么完？"

"中国军队教人家打垮！"

大赤包听到此处，一兴奋，几乎把酒瓶掉在地上。"冠晓荷！你听见没有？虽然我是个老娘们，我的见识可不比你们男人低！把胆子壮起点来，别错过了机会！"

十

  冠晓荷听了丁约翰的一番话,决定把全面的抗战放在一边,绝对不再加以考虑。市长和警察局长既然发表了,他便决定向市政府与警察局去活动。他和大赤包又奔走了三四天,依然没有什么结果。

  这时候,真的消息与类似谣言的消息,像一阵阵方向不同、冷暖不同的风似的刮入北平。北平,在世界人的心中是已经死去,而北平人却还和中国一齐活着,他们的心还和中华一切地方的英勇抵抗而跳动。东北的义勇军又活动了,南口的敌人,伤亡了二千,青岛我军打退了登陆的敌人,石家庄被炸……这些真的假的消息,一个紧跟着一个,一会儿便传遍了全城。特别使小羊圈的人们兴奋的是一个青年汽车夫,在南口附近,把一部卡车开到山涧里去,青年和车上的三十多名日本兵,都摔成了肉酱。青年是谁?没有人知道。但是,人们猜测,那必是钱家的二少爷。他年轻,他在京北开车,他老不回家……这些事实都给他们的猜测以有力的佐证,一定是他!

可是，钱宅的街门还是关得严严的，他们无从去打听消息。他们只能多望一望那两扇没有门神，也没有多少油漆的门，表示尊敬与钦佩！

瑞宣听到人们的嘀咕，心中又惊又喜。听到钱二少爷的比自杀殉难更壮烈，更有意义的举动，他觉得北平人并不尽像他自己那么因循苟安，而是也有英雄。他相信这件事是真的，因为钱老人曾经对瑞全讲过二少爷的决定不再回家。同时，他深怕这件事会连累到钱家的全家，假若大家因为钦佩钱仲石而随便提名道姓地传播。他找了李四爷去。

李四爷答应了暗地里嘱咐大家，不要再声张，而且赞叹着："咱们要是都像人家钱二少，别说小日本，就是大日本也不敢跟咱们呲毛啊！"

瑞宣本想去看看钱老先生，可是没有去，一来他怕惹起街坊们的注意，二来怕钱先生还不晓得这回事，说出来倒教老人不放心。

李四爷去嘱咐大家，大家都觉得应该留这点神。可是，在他遇到小崔以前，小崔已对尤桐芳说了。小崔虽得罪了冠先生和大赤包，尤桐芳和高第可是还坐他的车；桐芳对苦人，是有同情心的，所以故意地雇他的车，而且多给点钱；高第呢是成心反抗母亲，母亲越讨厌小崔，她就越多坐他的车子。

坐着小崔的车，桐芳总喜欢和他说些闲话。

"冠太太！"不当着冠家的人，他永远称呼她太太，为是表明以好换好，"咱们的胡同里出了奇事！"

"什么奇事？"她问，以便叫他多喘喘气。

"听说钱家的二爷，摔死了一车日本兵！"

"是吗？听谁说的？"

"大家伙儿都那么说！"

"喝！他可真行！"

"北平人也不都是窝囊废！"

"那么他自己呢？"

"自然也死喽！拼命的事嘛！"

桐芳回到家中，把这些话有枝添叶地告诉给高第，而被招弟偷偷听了去。招弟又"本社专电"似的告诉了冠先生。

晓荷听完了招弟的报告，心中并没有什么感动。他只觉得钱二少爷有点愚蠢：一个人只有一条命，为摔死别人，而也把自己饶上，才不上算！除了这点批判而外，他并没怎样看重这条专电。顺口答音地，他告诉了大赤包。

大赤包要是决定做什么，便连做梦也梦见那回事。她的心思，现在，完全萦绕在给冠晓荷运动官上，所以刮一阵风，或房檐上来了一只喜鹊，她都以为与冠先生的官运有关。听到钱二少的消息，她马上有了新的决定。

"晓荷！"她的眼一眨一眨的，脸儿上笼罩着一股既庄严又神秘的神气，颇似西太后与内阁大臣商议国家大事似的。"去报告！这是你的一条进身之路！"

晓荷愣住了。教他去贪赃受贿，他敢干；他可是没有挺着胸去直接杀人的胆气。

"怎么啦？你！"大赤包审问着。

"去报告？那得抄家呀！"晓荷觉得若是钱家被抄了家，都死在刀下，钱先生一定会来闹鬼！

"你这个松头日脑的家伙！你要管你自己的前途，管别人抄家不抄家干吗！再说，你不是吃过钱老头子的钉子，想报复吗？这是机会！"

"这个消息真不真呢？"他问。

"真也罢，假也罢，告他一状再说！即使消息是假的，那又有什么关系？我们的消息假，而心不假；教上面知道咱们是真心实意地

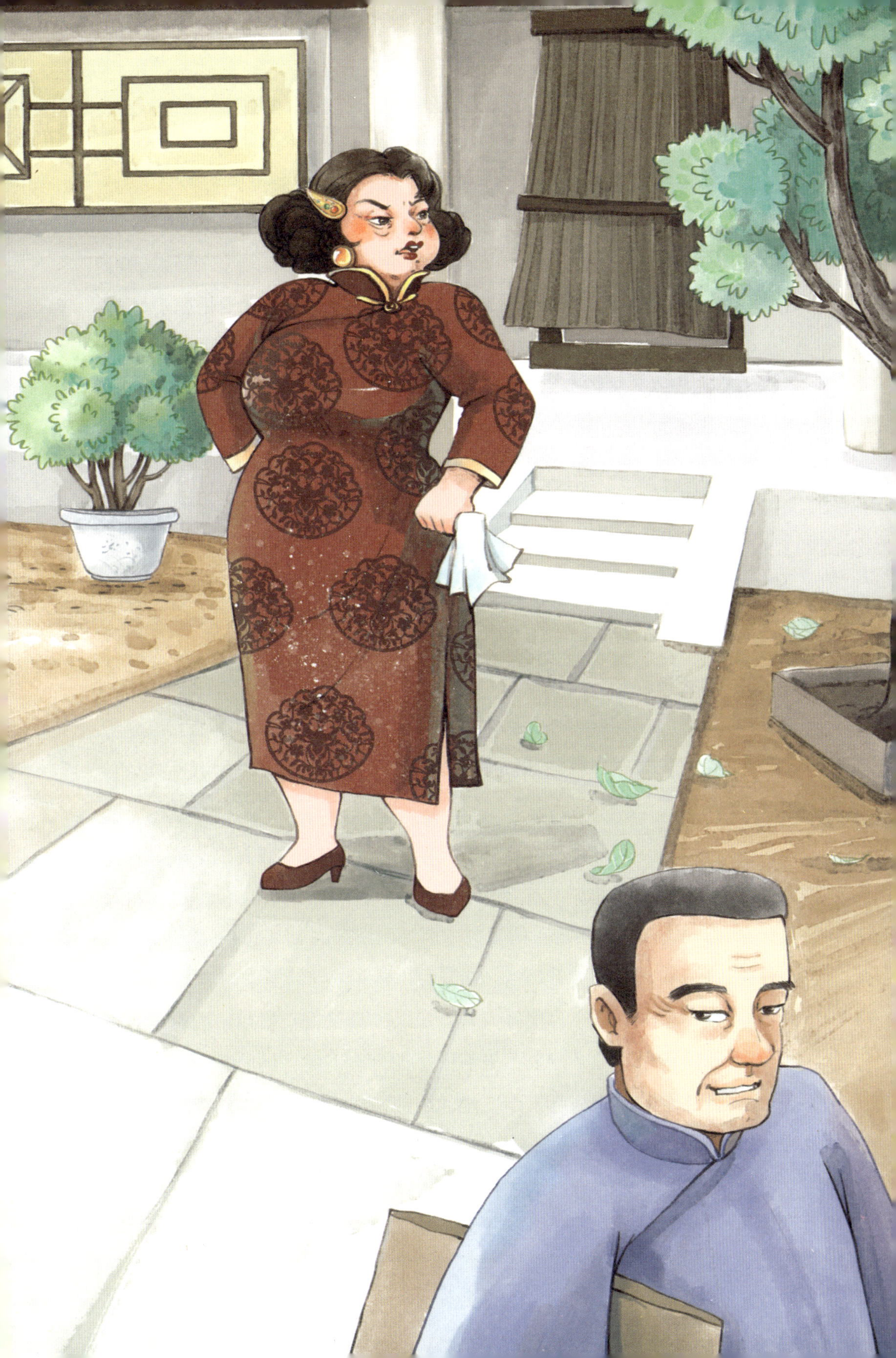

向着日本人，不也有点好处吗？你要是胆子小，我去！"

晓荷心中还不十分安帖，可是又不敢劳动皇后御驾亲征，只好答应下来。

桐芳又很快地告诉了高第。高第在屋里转开了磨。仲石，她的幻想中的英雄，真的成了英雄。她觉得这个英雄应当是属于她的。可是，他已经死去。她的爱、预言、美好的幻梦，一齐落了空！假若她不必入尼姑庵，而世界上还有她的事做的话，她应当首先去搭救钱家的人。但是，她怎么去见钱先生呢？钱先生既不常出来，而街门又永远关得严严的；她若去叫门，必被自己家里的人听到。写信，从门缝塞进去？也不妥当。她必须亲自见到钱先生，才能把话说得详尽而恳切。

她去请桐芳帮忙。桐芳建议从墙头上爬过去。她说："咱们的南房西边不是有一棵小槐树？上了槐树，你就可以够着墙头！"

高第愿意这样去冒险。她的心里，因仲石的牺牲，装满了奇幻的思想的。她以为仲石的死是受了她的精神的感召，那么，在他死后，她也就应当做些非凡的事情。她决定去爬墙，并且嘱咐桐芳给她观风。

大概有九点钟吧。冠先生还没有回来。大赤包有点头痛，已早早地上了床。招弟在屋中读着一本爱情小说。高第决定乘这时机，到西院去。她嘱咐桐芳听着门，因为她回来的时候是不必爬墙的。

她的短鼻子上出着细小的汗珠，手与唇都微颤着。爬墙的危险，与举动的奇突，使她兴奋，勇敢，而又有点惧怕。假若不是桐芳托她两把，她必定上不去那棵小树。上了树，她的心中清醒了好多，危险把幻想都赶了走。她的眼睁得很大，用颤抖的手牢牢地抓住墙头。

费了很大的事，她才转过身去。转了身，手扒着墙头，脚在半空，她只顾了喘气，把一切别的事都忘掉。好久，她心里一迷糊，手因无力而松开，她落在了地上。再转过身来，她看明白：其余的屋子都黑乎乎的，只有北房的西间儿有一点灯光。灯光被窗帘遮住，只透出一点点。好容易，她挪移到北屋外，屋里有两个人轻轻地谈话。她闭着气，蹲在窗下。屋里的语声是一老一少，老的（她想）一定是钱老先生，少的或者是钱大少爷。听了一会儿，她辨清那年少的不是北平口音，而是像胶东的人。这，引起她的好奇心，想立起来看看窗帘有没有缝隙。急于立起来，她忘了窗台，而把头碰在上面。她把个"哎哟"只吐出半截，可是已被屋中听到。灯立刻灭了。隔了一小会儿，钱先生的声音在问："谁？"

她慌成了一团，一手捂着胸口，一手按着头，半蹲半立地木在那里。

钱先生轻轻地出来，又低声地问了声"谁？"

"我！"她低声地回答。

钱先生吓了一跳："你是谁？"

高第留着神立起来："小点声！我是隔壁的大小姐，有话对你说。"

"进来！"钱先生先进去，点上灯。

高第的右手还在头上摸弄那个包，慢慢地走进去。

钱先生本来穿着短衣，急忙找到大衫穿上，把纽扣扣错了一个。"冠小姐？你打哪儿进来的？"

"我由墙上跳过来的，钱伯伯！"她找了个小凳，坐下。

"跳墙？"诗人向外打了一眼，"干吗跳墙？"

"有要紧的事！"她觉得钱先生是那么敦厚可爱，不应当再憋闷着他，"仲石的事！"

"仲石怎样？"

"伯伯，你还不知道？"

"不知道！他没有回来！"

"大家都说，都说……"她低下头去，愣着。

"都说什么？"

"都说他摔死一车日本兵！"

"真的？"老人的油汪水滑的乌牙露出来，张着点嘴，等她回答。

"大家都那么说！"

"噢！他呢？"

"也……"

老人的头慢慢往下低，眼珠往旁边挪，不敢再看她。高第急忙地立起来，以为老人要哭。老人忽然又抬起头来，并没有哭，只是眼中湿润了些。纵了一下鼻子，他伸手把桌下的酒瓶摸上来。"小姐，你……"他的话说得不甚真切，而且把下半句——你不喝酒吧？——咽了回去。厚敦敦的手微有点颤，他倒了大半茶杯茵陈酒，一扬脖喝了一大口。用袖口抹了抹嘴，眼亮起来，他看着高处，低声地说："死得好！好！"打了个酒嗝，他用乌牙咬上了下唇。

"钱伯伯，你得走！"

"走？"

"走！大家现在都吵嚷这件事，万一闹到日本人耳朵里去，不是要有灭门的罪过吗？"

"噢！"钱先生反倒忽然笑了一下，又端起酒来，"我没地方去！这是我的家，也是我的坟墓！况且，刀放脖子上的时候，我要是躲开，就太无勇了吧！小姐，我谢谢你！请回去吧！怎么走？"

高第心里很不好受。她不能把她父母的毒计告诉钱先生，而钱先生又是这么真纯、正气、可爱。她把许多日子构成的幻想全都忘掉，忘了对仲石的虚构的爱情，忘了她是要来看看"英雄之家"，她是面对着一位可爱，而将要遭受苦难的老人；她应当设法救他。可是，她一时想不出主意。她用一点笑意掩饰了她心中的不安，而说了声：

"我不用再跳墙了吧？"

"当然！当然！我给你开门去！"他先把杯中的余酒喝尽，而后身子微晃了两晃，仿佛头发晕似的。

高第扶住了他。他定了定神，说："不要紧！我开门去！"他开始往外走。一边走一边嘟囔："死得好！死得好！我的……"他没敢叫出儿子的名字来，把手扶在屋门的门框上，立了一会儿。院中的草茉莉与夜来香放着浓烈的香味，他深深地吸了一口气。

高第不能明白老诗人心中的复杂的感情，而只觉得钱先生的一切都与父亲不同。她所感到的不同并不是在服装面貌上，而是在一种什么无以名之的气息上，钱先生就好像一本古书似的，宽大，雅静，尊严。到了大门内，她说了句由心里发出来的话："钱伯伯，别伤心吧！"

钱老人嗯嗯地答应了两声，没说出话来。

出了大门，高第飞也似的跑了几步。她跳墙的动机是出于好玩，冒险，与诡秘的恋爱；搭救钱先生只是一部分。现在，她感到了充实与热烈，忘了仲石，而只记住钱先生；她愿立刻地一股脑儿都说给桐芳听。桐芳在门内等着她呢，没等叫门，便把门开开了。

默吟先生立在大门外，仰头看看大槐树的密丛丛的黑叶子，长叹了一声。忽然，灵机一动，他很快地跑到祁家门口。正赶上瑞宣来关街门，他把瑞宣叫了出来。

"有工夫没有？我有两句话跟你谈谈！"他低声地问。

"有！"瑞宣低声地答对。

"好！上我那里去！"

到屋里，钱先生握住瑞宣的手，叫了声："瑞宣！"他想和瑞宣谈仲石的事。不但要谈仲石殉国，也还要把儿子的一切——他幼时是什么样子，怎样上学，爱吃什么……——都说给瑞宣听。可是，他咽了两口气，松开手，嘴唇轻轻地动了几动，仿佛是对自己说："谈那些干什么呢！"

比了个手势，请瑞宣坐下，钱先生把双肘都放在桌儿上，面紧对着瑞宣的，低声而恳切地说："我要请你帮个忙！"

瑞宣点了点头，没问什么事；他觉得只要钱伯伯教他帮忙，他就应当马上答应。

钱先生拉过一个小凳来，坐下，脸仍旧紧对着瑞宣，闭了会儿眼。睁开眼，他安详了好多，脸上的肉松下来一些。

"前天夜里，"他低声地安详地说，"我睡不着。这一程子了，我夜夜失眠！我想，亡了国的人，大概至少应当失眠吧！睡不着，我到门外去散散步。轻轻地开开门，我看见一个人紧靠着槐树立着呢！我赶紧退了回来。这个人不大像附近的邻居。我不由得想看清他到底是谁，和在树底下干什么。我并没往他是小偷或土匪上想，我也没以为他是乞丐。我倒是以为他必定有比无衣无食还大的困难。留了很小的一点门缝，我用一只眼往外看。他在槐树下面极慢极慢地来回绕，一会儿立住，仰头看看；一会儿又低着头慢慢地走。走了很久，忽然他极快地走向路西的堵死的门去了。他开始解腰带！我等着，狠心地等着！等他把带子拴好了，我极快地跑出去！"默吟先生的眼发了光，"一下子搂住他的腰！他发了怒，回手打了我两拳。我轻轻地叫了声'朋友！'他不再挣扎，而全身都颤起来。'来吧！'我放开手，说了这么一句。他像个小羊似的跟我进来！"

"现在还在这里？"

钱先生点了点头。

"他是作什么的？"

"诗人！"

"诗人？"

钱先生笑了一下："我说他的气质像诗人，他实在是个军人。他姓王，王排长。在城内作战，没能退出去。没有钱，只有一身破裤褂，逃走不易，藏起来又怕连累人，而且怕被敌人给擒住，所以他想自尽。他宁可死，而不作俘虏！我说他是诗人，他并不会作诗；我管富于情感、心地爽朗的人都叫作诗人；我和他很说得来。我请你来，就是为这个人的事。咱们得设法教他逃出城去。我想不出办法来，而且，而且……"老先生又愣住了。

"而且，怎样？钱伯伯！"

老人的声音低得几乎不易听见了："而且，我怕他在我这里吃连累！你知道，仲石，"钱先生的喉中噎了一下，"仲石，也许已经死啦！说不定我的命也得赔上！据说，他摔死一车日本兵，日本人的气量是那么小，哪能白白饶了我！不幸，他们找上我的门来，岂不也就发现了王排长？"

"听谁说的，仲石死了？"

"不用管吧！"

"伯伯，你是不是应当躲一躲呢？"

"我不考虑那个！我手无缚鸡之力，不能去杀敌雪耻，我只能临危不苟，儿子怎死，我怎么陪着。我想日本人会打听出他是我的儿子，我也就不能否认他是我的儿子！是的，只要他们捕了我去，我会高声地告诉他们，杀你们的是钱仲石，我的儿子！好，我们先不必再谈这个，而要赶快决定怎样教王排长马上逃出城去。他是军人，他会杀敌，我们不能教他死在这里！"

瑞宣的手摸着脸，细细地思索。

钱先生倒了半杯酒，慢慢地喝着。

想了半天，瑞宣忽然立起来。"我先回家一会儿，和老三商议商议；马上就回来。"

"好！我等着你！"

十一

老三因心中烦闷,已上了床。瑞宣把他叫起来。极简单扼要地,瑞宣把王排长的事说给老三听。老三的黑豆子眼珠像夜间的猫似的,睁得极黑极大,而且发着带着威严的光。他的颧骨上红起两朵花。听完,他说了声:"我们非救他不可!"

瑞宣也很兴奋,可是还保持着安详,不愿因兴奋而鲁莽,因鲁莽而败事。慢条斯理地,他说:"我已经想了个办法,不知道你以为如何?"

老三慌手忙脚地登上裤子,下了床,倒仿佛马上他就可以把王排长背出城似的。"什么办法?大哥!"

"先别慌!我们须详细地商量一下,这不是闹着玩的事!"瑞全忍耐地坐在床沿上。

"老三!我想啊,你可以同他一路走。"

老三又立了起来:"那好极了!"

"这有好处,也有坏处。好处是王排长既是军人,只要一逃出城去，他就必有办法；他不会教你吃亏。坏处呢，他手上的掌子，和说话举止的态度神气，都必教人家一看就看出他是干什么的。日本兵把着城门，他不容易出去；他要是不幸而出了岔子，你也跟着遭殃！"

"我不怕！"老三的牙咬得很紧，连脖子上的筋都挺了起来。

"我知道你不怕，"瑞宣要笑，而没有笑出来，"有勇无谋可办不了事！我想去找李四大爷去。"

"他是好人，可是对这种事他有没有办法，我就不敢说！"

"我——教给他办法！只要他愿意，我想我的办法还不算很坏！"

"什么办法？什么办法？"

"李四大爷要是最近给人家领杠出殡，你们俩都身穿重孝，混出城去，大概不会受到检查！"

"大哥！你真有两下子！"瑞全跳了起来。

"老实点！别教大家听见！出了城，那就听王排长的了。他是军人，必能找到军队！"

"就这么办了，大哥！"

"你愿意？不后悔？"

"大哥你怎么啦？我自己要走的，能后悔吗？况且，别的事可以后悔，这种事——逃出去，不作亡国奴——还有什么可后悔的呢？"

瑞宣沉静了一会儿才说："我是说，逃出去以后，不就是由地狱入了天堂？以后的困难还多得很呢。前些日子我留你，不准你走，也就是这个意思。五分钟的热气能使任何人登时成为英雄，真正的英雄却是无论受多么久、多么大的困苦，而仍旧毫无悔意或灰心的人！记着我这几句话，老三！记住了，在国旗下吃粪，也比在太阳旗下吃肉强！你要老不灰心丧气，老像今天晚上这个劲儿，我才放心！好，我找李四大爷去。"

瑞宣去找李四爷。老人已经睡了觉，瑞宣现把他叫起来。老人横打鼻梁，愿意帮忙。

"老大，你到底是读书人，想得周到！"老人低声地说，"城门上，车站上，检查得极严，实在不容易出去。当过兵的人，手上脚上身上仿佛全有记号，日本人一看就认出来；捉住，准杀头！出殡的，连棺材都要在城门口教巡警拍一拍，可是穿孝的人倒还没受过多少麻烦。这件事交给我了，明天就有一档子丧事，你教他们俩一清早就跟我走，杠房①有孝袍子，我给他们赁两身。然后，是教他俩装作孝子，还是打执事的，我到时候看，怎么合适怎办！"

瑞宣又去找钱老者。

这时候，瑞全在屋里兴奋得不住地打嗝，仿佛被食物噎住了似的。想想这个，想想那个，他的思想像走马灯似的，随来随去，没法集中。他恨不能一步跳出城去，加入军队去作战。

妈妈咳嗽了两声。他的心立时静下来。可怜的妈妈！只要我一出这个门，恐怕就永远不能相见了！他轻轻地走到院中。一天的明星，天河特别的白。他只穿着个背心，被露气一侵，他感到一点凉意，胳臂上起了许多小冷疙疸。他想急忙走进南屋，看一看妈妈，跟她说两句极温柔的话。极轻极快地，他走到南屋的窗外。他立定，没有进去的勇气。

瑞宣从外面轻轻地走进来，直奔了三弟屋中去。老三轻手蹑脚地紧跟来，他问："怎样？大哥！"

"明天早晨走！"瑞宣好像已经筋疲力尽了似的，一下子坐在床沿上。

"明——"老三的心跳得很快，说不上话来。半天，他才问出来："带什么东西呢？"

"啊？"瑞宣仿佛把刚才的一切都忘记了，眼睛直勾勾地看着弟

---

① 杠房，旧时出租殡葬用具和提供人力、鼓乐等的铺子。

弟，答不出话来。

"我说，我带什么东西？"

"噢！"瑞宣听明白了，想了一想，"就拿着点钱吧！还带着，带着，你的纯洁的心，永远带着！"他立起来，把手搭在老三的肩膀上，细细地看着他。现在，他们才真感到国家、战争，与自己的关系，他们须把一切父子兄弟朋友的亲热与感情都放在一旁，而且只有摆脱了这些最难割难舍的关系，他们才能肩起更大的责任。他们直谈到天明。

听到祁老人咳嗽，他们溜了出去。李四爷是惯于早起的人，已经在门口等着他们。把弟弟交给了李四爷，瑞宣的头，因为一夜未眠和心中难过，疼得似乎要裂开。他说不出什么来，只紧跟在弟弟的身后东转西转。

"大哥！你回去吧！"老三低着头说。见哥哥不动，他又补了一句："大哥，你在这里我心慌！"

"老三！"瑞宣握住弟弟的手，"到处留神哪！"说完，他极快地跑回家去。

多么长的天啊！太阳影儿仿佛随时地停止前进，钟上的针儿也像不会再动。好容易，好容易，到了四点钟，他在枣树下听见四大妈高声向李四爷说话。他急忙跑出去。李四爷低声地说：

"他们出了城！"

名师赏析

抗战爆发，老舍提上小皮箱，登上最后一趟火车，走向抗战的大后方。他强忍着别离之苦，把老母，把妻儿留在沦陷区。他最纠结的就是忠孝不能两全。

这种矛盾的心情化作了《四世同堂》里两个最主要的人物：瑞宣和瑞全。瑞宣体现的是孝，瑞全是忠，加在一起，就是老舍。

瑞宣极其爱国，他绝不肯当亡国奴，他要去抗战，但他是长孙，是祁家这个四世同堂大家庭的顶梁柱，他不能不留下来忍辱负重。他是内心最痛苦的人，因为他头脑最清醒。他留下了，尽他的孝，他得挣钱，照顾全家，可是他有一条底线，绝对不要日本人的钱，绝对不给日本人干任何事，宁可失业。他还要照顾邻里，他是大家的主心骨。瑞宣在危难中始终保持民族的尊严。瑞宣的人品、修养、风度酷似老舍，作者可能就是以自己为原型的。

瑞全则逃出北平，走上抗日的广阔战场。他激情四射，信念坚定，刚健有力，敢想敢为，他更直接体现着老舍忠的理念。

十二

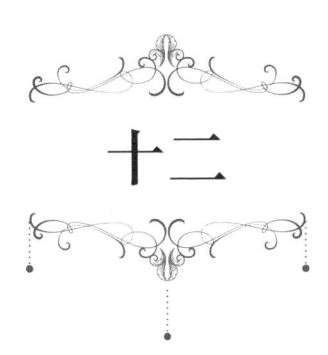

"怎么？大哥你教他走的？"瑞丰的小干脸绷得像鼓皮似的。

"他决心要走，我不好阻止；一个热情的青年，理当出去走走！"

"大哥你可说得好！你就不想想，他不久就毕业，毕业后抓俩钱儿，也好帮着家里过日子呀！真，你怎么把只快要下蛋的鸡放了走呢？再说，赶明儿一调查户口，我们有人在外边抗战，还不是蘑菇？"

假若老二是因为不放心老三的安全而责备老大，瑞宣一定不会生气，因为人的胆量是不会一样大的。胆量小而情感厚是可以原谅的。现在，老二的挑剔，是完全把手足之情抛开，而专从实利上讲，瑞宣简直没法不动气了。

他的脸白得可怕。"平日，我老敷衍你，因为这里既由我当家，我就不好意思跟你吵嘴。这可是个错误！你以为我不跟你驳辩，就是你说对了，久而久之，就养成了你的坏毛病——你总以为搂住便宜就好，牺牲一点就坏。我很抱歉，我没能早早地矫正你！今天，我告诉你点实话吧！老三走得对，走得好！假若你也还自居为青年，你也应当走，做点比吃喝打扮更大一点的事去！两重老人都在这里，我自己没法子走开，但是我也并不以此就原谅自己！我并不逼着你走，我是教你先去多想一想，往远处大处想一想！"他的气消了一点，脸上渐渐地有了红色，"请你原谅我的发脾气，老二！但是，你也应当知道，好话都是不大受听的！好，你去吧！"

这时候，学校当局们看上海的战事既打得很好，而日本人又没派出教育负责人来，都想马上开学，好使教员与学生们都不至于精神涣散。瑞宣得到通知，到学校去开会。教员们没有到齐，因为已经有几位逃出北平。谈到别人的逃亡，大家的脸上都带出愧色。谁都有不能逃走的理由，但是越说道那些理由越觉得惭愧。

校长来到。他是个五十多岁，极忠诚、极谨慎的一位办中等教育的老手。大家坐好，开会。校长立起来，眼看着对面的墙壁，足有三分钟没有说出话来。瑞宣低着头，说了声："校长请坐吧！"校长像犯了过错的小学生似的，慢慢地坐下。

一位年纪最轻的教员，说出大家都要问而不好意思问的话来：

"校长！我们还在这儿做事，算不算汉奸呢？"

大家都用眼盯住校长。校长又僵着身子立起来，用手摆弄着一管铅笔。他轻嗽了好几下，才说出话来：

"诸位老师们！据兄弟看，战事不会在短期间里结束。按理说，我们都应当离开北平。可是，中学和大学不同。咱们的学生，年纪既小，又百分之——"他又嗽了两下，"之——可以说百分之九十是在城里住家。我们带着他们走，走大道，有日本兵截堵；走小道，学生们的能力不够。再说，学生的家长们许他们走吗？也是问题。因此，我明知道，留在这里是自找麻烦，自讨无趣——可怎么办呢？！日本人占定了北平，必首先注意到学生们，也许大肆屠杀青年，也许收容他们作亡国奴，这两个办法都不是咱们所能忍受的！可是，我还想暂时维持学校的生命，在日本人没有明定办法之前，我们不教青年们失学；在他们有了办法之后，我们忍辱求全地设法不教青年们受到最大的损失——肉体上的，精神上的。老师们，能走的请走，我决不拦阻，国家在各方面都正需要人才。不能走的，我请求大家像被奸污了的寡妇似的，为她的小孩子忍辱活下去。我们是不是汉奸？我想，不久政府就会派人来告诉咱们；政府不会忘了咱们，也一定知道咱们逃不出去的困难！"他又嗽了两声，手扶住桌子，"兄弟还有许多的话，但是说不上来了。诸位同意呢，咱们下星期一开学。"他眼中含着点泪，极慢极慢地坐下去。

沉静了好久，有人低声地说："赞成开学！"

"有没有异议？"校长想往起立，而没能立起来。没有人出声。他等了一会儿，说："好吧，我们开学看一看吧！以后的变化还大得很，我们能尽心且尽心吧！"

由学校出来，瑞宣像要害热病似的那么憋闷。他往家中走。走到胡同口，巡警把他截住。"我在这里住。"他很客气地说。

"等一会儿吧！"巡警也很客气，"里边拿人呢！"

"拿人？"瑞宣吃了一惊，"谁？什么案子？"

"我也不知道！"巡警抱歉地回答，"我只知道来把守这儿，不准行人来往。"

"日本宪兵？"瑞宣低声地问。

巡警点了点头。然后，看左右没有人，他低声地说："先生，你绕个圈儿再回来吧，这里站不住！"

瑞宣本打算在巷口等一会儿，听巡警一说，他只好走开。"拿谁呢？"他一边走一边猜测。第一个，他想到钱默吟；第二个，他想到自己的家，是不是老三被敌人捉住了呢？他身上出了汗。

这时候，日本宪兵在捉捕钱诗人，那除了懒散，别无任何罪名

的诗人。胡同两头都临时设了岗，断绝交通。冠晓荷领路。他本不愿出头露面，但是日本人一定教他领路，似乎含有既是由他报告的，若拿不住人，就拿他是问的意思。事前，他并没想到能有这么一招；现在，他只好硬着头皮去干。他的心跳得很快，脸上还勉强地显出镇定，而眼睛像被猎犬包围了的狐狸似的，往四外看，唯恐教邻居们看出他来。他把帽子用力往前扯，好使别人不易认出他来。胡同里的人家全闭了大门。他心中稍为平静了些。其实，棚匠刘师傅，还有几个别的人，都扒着门缝往外看呢，而且很清楚地认出他来。

　　白巡长，脸上没有一点血色，像失了魂似的，跟在冠晓荷的身后。全胡同的人几乎都是他的朋友，假若他平日不肯把任何人带到区署去，他就更不能不动感情地看着朋友们被日本人捕去。对于钱默吟先生，他不甚熟识，因为钱先生不大出来，而且永远无求于巡警。但是，白巡长准知道钱先生是一百二十成的老好人。到了钱家门口，他才晓得是捉捕钱先生，他恨不能一口将冠晓荷咬死！可是，身后还有四个铁棒子似的兽兵，他只好把怒气压抑住。自从城一陷落，他就预想到，他须给敌人作爪牙，去欺侮自己的人。他没法脱去制服，自己的本领、资格，与全家大小的衣食，都替他决定下他须做那些没有人味的事！

　　敲了半天的门，没有人应声。一个铁棒子刚要用脚踹门，门轻轻地开了。开门的是钱先生。像刚睡醒的样子，他的脸上有些红的褶皱，脚上拖着布鞋，左手在扣着大衫的纽子。头一眼，他看见了冠晓荷，他看到冠晓荷向身后的兽兵轻轻点了点头，像犹大出卖耶稣的时候那样。他想起高第姑娘的警告。

　　很高傲自然地，他问了声："干什么？"

　　这三个字像是烧红了的铁似的。冠晓荷一低头，仿佛是闪躲那红热的火花，向后退了一步。白巡长也跟着躲开。两个兽兵像迎战似的，要往前冲。钱先生的手扶在门框上，挡住他们俩，又问了声：

"干什么？"一个兽兵的手掌打在钱先生的手腕上，一翻，给老诗人一个反嘴巴。诗人的口中流出血来。兽兵往里走。诗人愣了一会儿，用手扯住那个敌兵的领子，高声地喊喝："你干什么！"敌兵用全身的力量挣扭，钱先生的手，像快溺死的人抓住一条木棍似的，还了扣。白巡长怕老人再吃亏，急快地过来用手一托老先生的肘；钱先生的手放开，白巡长的身子挤进来一点，隔开了老先生与敌兵；敌兵一脚正踹在白巡长的腿上。白巡长忍着疼，把钱先生拉住，假意威吓着。钱先生没再出声儿。

一个兵守住大门，其余的全进入院中；白巡长拉着钱先生也走进来。白巡长低声地说："不必故意地赌气，老先生！好汉不吃眼前亏！"

钱大少爷——孟石——这两天正闹痢疾。本来就瘦弱，病了两天，他就更不像样子了。长头发蓬散着，脸色发青，他正双手提着裤子往屋中走，一边走，一边哼哼。看见父亲被白巡长拉着，口中流着血，又看三个敌兵像三条武装的狗熊似的在院中晃，他忘了疾痛，摇摇晃晃地扑过父亲来。白巡长极快地想到：假若敌人本来只要捉钱老人，就犯不上再白饶上一个。假若钱少爷和日本人冲突，那就非也被捕不可。想到这儿，他咬一咬牙，狠了心。一手他还拉着钱先生，一手他握好了拳。等钱少爷走近了，他劈面给了孟石一个满脸花。孟石倒在地上。白巡长大声地呼喝着"大烟鬼！大烟鬼！"说完，他指了指孟石，又把大指与小指翘起，放在嘴上，嘴中吱吱地响，做给日本人看。他知道日本人对烟鬼是向来"优待"的。

敌兵没管孟石，都进了北屋去检查。白巡长乘这个机会解释给钱先生听："老先生你年纪也不小了，跟他们拼就拼吧；大少爷可不能也教他们捉了去！"

钱先生点了点头。孟石倒在地上，半天没动；他已昏了过去。钱先生低头看着儿子，心中虽然难过，可是难过得很痛快。二儿子的死——现在已完全证实——长子的受委屈,与自己的苦难,他以为都是事所必至,没有什么可稀奇的。太平年月,他有花草,有诗歌,有茶酒;亡了国,他有牺牲与死亡;他很满意自己的遭遇。

这时候,钱太太被兽兵从屋里推了出来,几乎跌倒。他不想和她说什么,可是她慌忙地走过来:"他们拿咱们的东西呢!你去看看!"

钱先生哈哈地笑起来。白巡长拉了钱先生好几下,低声地劝告:"别笑!别笑!"钱太太这才看清,丈夫的口外有血。她开始用袖子给他擦。"怎么啦?"老妻的袖口擦在他的口旁,他像忽然要发疯似的,心中疼了一阵,身上都出了汗。手扶着她,眼闭上,他镇定了一会儿。睁开眼,他低声地对她说:"我还没告诉你,咱们的老二已经不在了,现在他们又来抓我!不用伤心!不用伤心!"他还有许多话要嘱咐她,可是再也说不出来。

钱太太觉得她是做梦呢。她看到的,听到的,全接不上榫子来。她想哭,可是惊异与惶惑截住了她的眼泪。她拉住丈夫的臂,想一样一样地细问。她还没开口,敌兵已由屋中出来,把一根皮带子扔给了白巡长。钱先生说了话:"不必绑!我跟着你们走!"白巡长拿起皮绳,低声地说:"松拢上一点,省得他们又动打!"老太太急了,喊了声:"你们干什么?要把老头弄了到哪儿去?放开!"她紧紧地握住丈夫的臂。白巡长很着急,唯恐敌兵打她。正在这时候,孟石苏醒过来,叫了声:"妈!"钱先生在老妻的耳边说:"看老大去!我去去就来,放心!"一扭身,他挣开了她的手,眼中含着两颗怒、愤、傲、烈,种种感情混合成的泪,挺着胸往外走。走了两步,他回头看了看他手植的花草,一株秋葵正放着大朵的鹅黄色的花。

瑞宣从护国寺街出来,正碰上钱先生被四个敌兵押着往南走。他们没有预备车子,大概为是故意地教大家看看。钱先生光着头,左脚拖着布鞋,右脚光着,眼睛平视,似笑非笑地抿着嘴。他的手是被捆在身后。瑞宣要哭出来。钱先生并没有看见他。瑞宣呆呆地

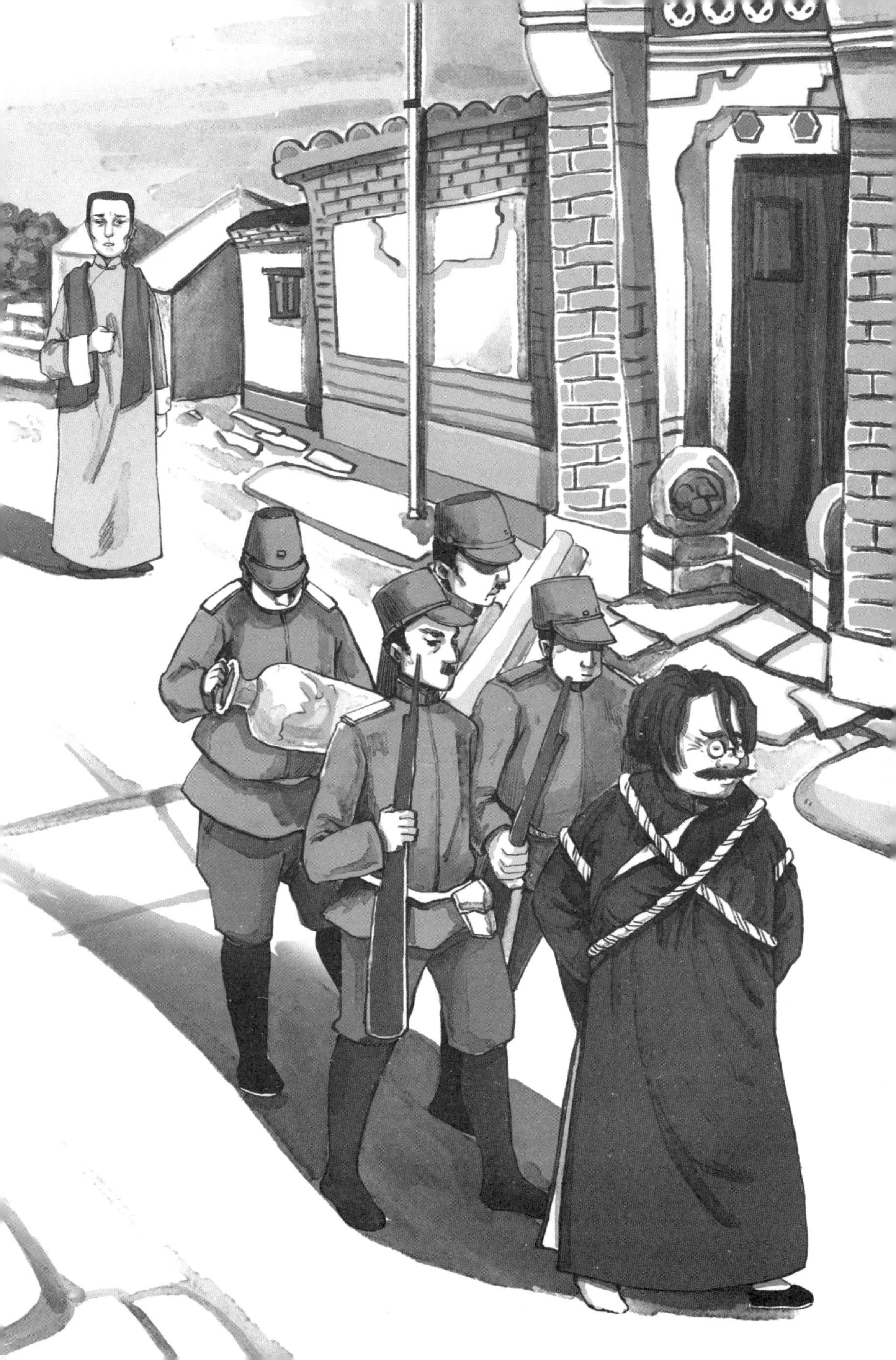

立在那里，看着，看着，渐渐地他只能看到几个黑影在马路边上慢慢地动，在晴美的阳光下，钱先生的头上闪动着一些白光。

冠晓荷把门闭得紧紧的，心中七上八下的不安。太阳落下去以后，他更怕了，唯恐西院里有人来报仇。不敢明言，他暗示出，夜间须有人守夜。

大赤包可是非常的得意，对大家宣布：

"得啦，这总算是立了头一功！咱们想退也退不出来了，就卖着力气往前干吧！"

及至她看清冠晓荷有点害怕，她不免动了气：

"你这小子简直不知好歹，要吃，又怕烫，你算哪道玩艺儿呢？这不是好容易找着条道路，立了点功，你怎反倒害了怕呢？姓钱的是你的老子，你怕教人家把他一个嘴巴打死？"

晓荷勉强地打着精神说："大丈夫敢做敢当，我才不怕！"

"这不结啦！"大赤包的语气温柔了些。

西院里钱太太放声哭起来，连大赤包也不再出声了。

名师赏析

老舍写过不少下层的警察，《四世同堂》里就有一个白巡长。

按通常的说法，旧社会的警察就是反动阶级的爪牙、狗腿子。可是老舍写的这些警察却都不是坏人。老舍的《我这一辈子》就是写的一个警察一生的遭遇。白巡长乍一看干的是汉奸走狗的事，可他恨日本鬼子，他以他的身份处处护着老百姓，后来更直接参加了抗日地下工作。

为什么这样写？在1949年以前，作为独立作家的老舍对社会现象总有自己的认识和判断，他尊重生活本来的样子。老舍是穷人出身，他知道很多下级的警察也是穷人，只因识些字，就找了这口饭吃，跟老百姓还是一回事。

十三

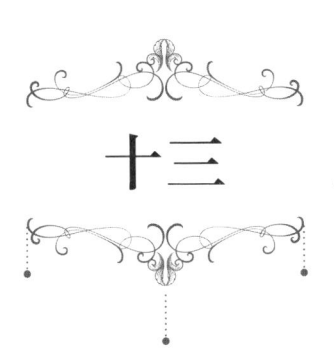

中秋前后是北平最美丽的时候。天气正好不冷不热，昼夜的长短也划分得平匀。没有冬季从蒙古吹来的黄风，也没有伏天里挟着冰雹的暴雨。天是那么高，那么蓝，那么亮，好像是含着笑告诉北平的人们：在这些天里，大自然是不会给你们什么威胁与损害的。西山北山的蓝色都加深了一些，每天傍晚还披上各色的霞帔。

北平之秋就是人间的天堂，也许比天堂更繁荣一点呢！

祁老太爷的生日是八月十三。口中不说，老人的心里却盼望着这一天将与往年的这一天同样的热闹。每年，过了生日便紧跟着过节，即使他正有点小小的不舒服，他也必定挣扎着表示出欢喜与兴奋。

今年，他由生日的前十天，已经在夜间睡得不甚安帖了。他心中很明白，有日本人占据着北平，他实在不应该盼望过生日与过节能和往年一样的热闹。虽然如此，他可是不愿意就轻易地放弃了希望。钱默吟不是被日本宪兵捉去，至今还没有消息么？谁知道能再活几天呢！那么，能够活着，还不是一件喜事吗？为什么不快快活

活地过一次生日呢？这么一想，他不但希望过生日，而且切盼这一次要比过去的任何一次——不管可能与否——更加倍的热闹！说不定，这也许就是末一次了哇！况且，他准知道自己没有得罪过日本人，难道日本人——不管怎样不讲理——还不准一个老实人庆一庆七十五的寿日吗？

他决定到街上去看看。不是为看他所知道的秋节街市，而是为看看今年的街市上是否有过节的气象。

到了街上，他没有闻到果子的香味，没有遇到几个手中提着或肩上担着礼物的人，没有看见多少中秋月饼。他本来走得很慢，现在完全走不上来了。他想得到，城里没有果品，是因为，城外不平安，东西都进不了城。

以祁老人的饱经患难，他的小眼睛里是不肯轻易落出泪来的。但是，现在他的眼有点看不清前面的东西了。找了个豆汁儿摊子，他借坐了一会儿，心中才舒服了一些。

他开始往家中走。路上，他看见两个兔儿爷摊子，都摆着许多大小不同的，五光十色的兔儿爷。在往年，他曾拉着儿子，或孙子，或重孙子，在这样的摊子前一站，就站个把钟头，去欣赏、批评和选购一两个价钱小而手工细的泥兔儿。今天，他独自由摊子前面过，他感到孤寂。

他想给小顺儿和妞子买两个兔儿爷。很快地他又转了念头——在这样的年月还给孩子们买玩艺儿？可是，当他还没十分打定主意的时候，摆摊子的人，一个三十多岁的瘦子，满脸含笑地住了他："老人家照顾照顾吧！"由他脸上的笑容，和他声音的温柔，祁老人看出来，即使不买他的货物，而只和他闲扯一会儿，他也必定很高兴。祁老人可是没停住脚步，他没有心思买玩具或闲扯。瘦子赶过来一步："照顾照顾吧！便宜！"听到"便宜"，几乎是本能的，老人停住了脚。

"给两个小孩儿买，总得买一模一样的，省得争吵！"祁老人觉得自己是被瘦子圈弄住了，不得不先用话搪塞一下。

老人费了二十五分钟的工夫，挑了一对。又费了不到二十五分也差不多的时间，讲定了价钱。讲好了价钱，他又坐下了——非到无可如何的时候，他不愿意往外掏钱；钱在自己的口袋里是和把狗拴在屋里一样保险的。

瘦子并不着急。他愿意有这么位老人坐在这里，给他作义务的广告牌。同时，交易成了，彼此便变成朋友，他对老人说出心中的话：

"要照这么下去，我这点手艺非绝了根儿不可！"

"怎么？"老人把要去摸钱袋的手又拿了出来。

"您看哪，今年我的货要是都卖不出去，明年我还傻瓜似的预备吗？不会！要是几年下去，这行手艺还不断了根？您想是不是？"

"几年？"老人的心中凉了一下。

"东三省……不是已经丢了好几年了吗？"

"哼！"老人的手有点发颤，相当快地掏出钱来，递给瘦子，"哼！几年！我就入了土喽！"说完，他几乎忘了拿那一对泥兔儿，就要走开，假若不是瘦子很小心地把它们递过来。

"几年！"他一边走一边自己嘟囔着。口中嘟囔着这两个字，他心中的眼睛已经看到，他的棺材恐怕是要从有日本兵把守着的城门中抬出去，而他的子孙将要住在一个没有兔儿爷的北平；随着兔儿爷的消灭，许多许多可爱的、北平特有的东西，也必定绝了根！不知不觉地，他已走到了小羊圈，像一匹老马那样半闭着眼而能找到了家。走到钱家门外，他不由得想起钱默吟先生，同时觉得手中拿着两个兔儿爷是非常不合适的；钱先生怎样了，是已经被日本人打死，还是熬着苦刑在狱里受罪？好友生死不明，而他自己还有心程给重孙子买兔儿爷！

一号的门开开了。钱太太——一个比蝴蝶还温柔，比羊羔还可怜的年近五十的矮妇人——在门外立着呢。她的左腋下夹着一个不很大的蓝布包儿,两只凹进很深的眼看看大槐树,又看看蓝布包儿,好像在自家门前迷失了路的样子。老人赶了过去,叫了声钱太太。钱太太不动了,呆呆地看着他。她脸上的肌肉像是已经忘了怎样表情,只有眼皮慢慢地开闭。

"钱太太!"老人又叫了一声,而想不起别的话来。

她也说不出话来,极度的悲苦使她心中成了一块空白。

老人咽了好几口气,才问出来:"钱先生怎样了?"

她微微地一低头,可是并没有哭出来;她的泪仿佛早已用完了。

"什么地方都问过了,打听不到他在哪里!祁伯伯!我是个终年不迈出这个门坎的人,可是现在我找遍了九城!"

"大少爷呢?"

"快,快,快不行啦!父亲被捕,弟弟殉难,他正害病;病上加气,他已经三天没吃一口东西,没说一句话了!祁伯伯,日本人要是用炮把城轰平了,倒比这么坑害人强啊!"说到这里,她的头扬起来。眼中,代替眼泪的,是一团儿怒的火;她不住地眨眼,好像是被烟火烧炙着似的。

老人愣了一会儿。他很想帮她的忙,但是事情都太大,他无从尽力。

"现在,你要上哪儿去呢?"

她看了看腋下的蓝布包儿,脸上抽动了一下,而后又扬起头来,决心把害羞压服住:"我去当当!"

祁老人得到可以帮忙的机会:"我,我还能借给你几块钱!"

"不,祁伯伯!"她说得那么坚决,哑涩的嗓子中居然出来一点尖锐的声音。

"咱们过得多呀!钱太太!"

"不!我的丈夫一辈子不求人,我不能在他不在家的时候……"

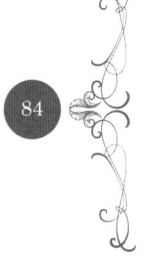

她没有能说完这句话,她要刚强,可是她也知道刚强的代价是多么大。她忽然地改了话:"祁伯伯!你看,默吟怎样呢?能够还活着吗?能够还回来吗?"

祁老人的手颤起来。他没法回答她。想了半天,他声音很低地说:"钱太太!咱们好不好去求求冠晓荷呢?"

"他?求他?"她的眉有点立起来了。

"我去!我去!"祁老人紧赶着说,"你知道,我也很讨厌那个人!"

"你也不用去!他不是人!"钱太太一辈子不会说一个脏字,"不是人"已经把她所有的愤恨与诅咒都说尽了,"啊,我还得赶紧上当铺去呢!"说着,她很快地往外走。

祁老人到了家中,他仿佛疲倦得已不能支持。把两个玩艺儿交给小顺儿的妈,他一语未发地走进自己的屋中。小顺儿的妈只顾了接和看两个泥东西,并没注意老人的神色。她说了声:"哟!还有卖兔儿爷的哪!"她喊了声小顺儿:"快来,太爷爷给你们买兔儿爷来啦!"

小顺儿与妞子像两个箭头似的跑来。小顺儿劈手拿过一个泥兔儿去,小妞子把一个食指放在嘴唇上,看着兔儿爷直吸气,兴奋得脸上通通地红了。

"还不进去给老太爷道谢哪?"他们的妈高声地说。

妞子也把兔儿爷接过来,双手捧着,同哥哥走进老人的屋内。

"太爷爷!"小顺儿笑得连眉毛都挪了地方,"你给买来的?"

"太爷爷!"妞子也要表示感谢,而找不到话说。

"玩去吧!"老人半闭着眼说,"今年玩了,明年可……"他把后半句话咽回去了。

"明年怎样?明年买更大,更大,更大的吧?"小顺儿问。

"大,大,大的吧?"妞子跟着哥哥说。

老人把眼闭严,没回出话来。

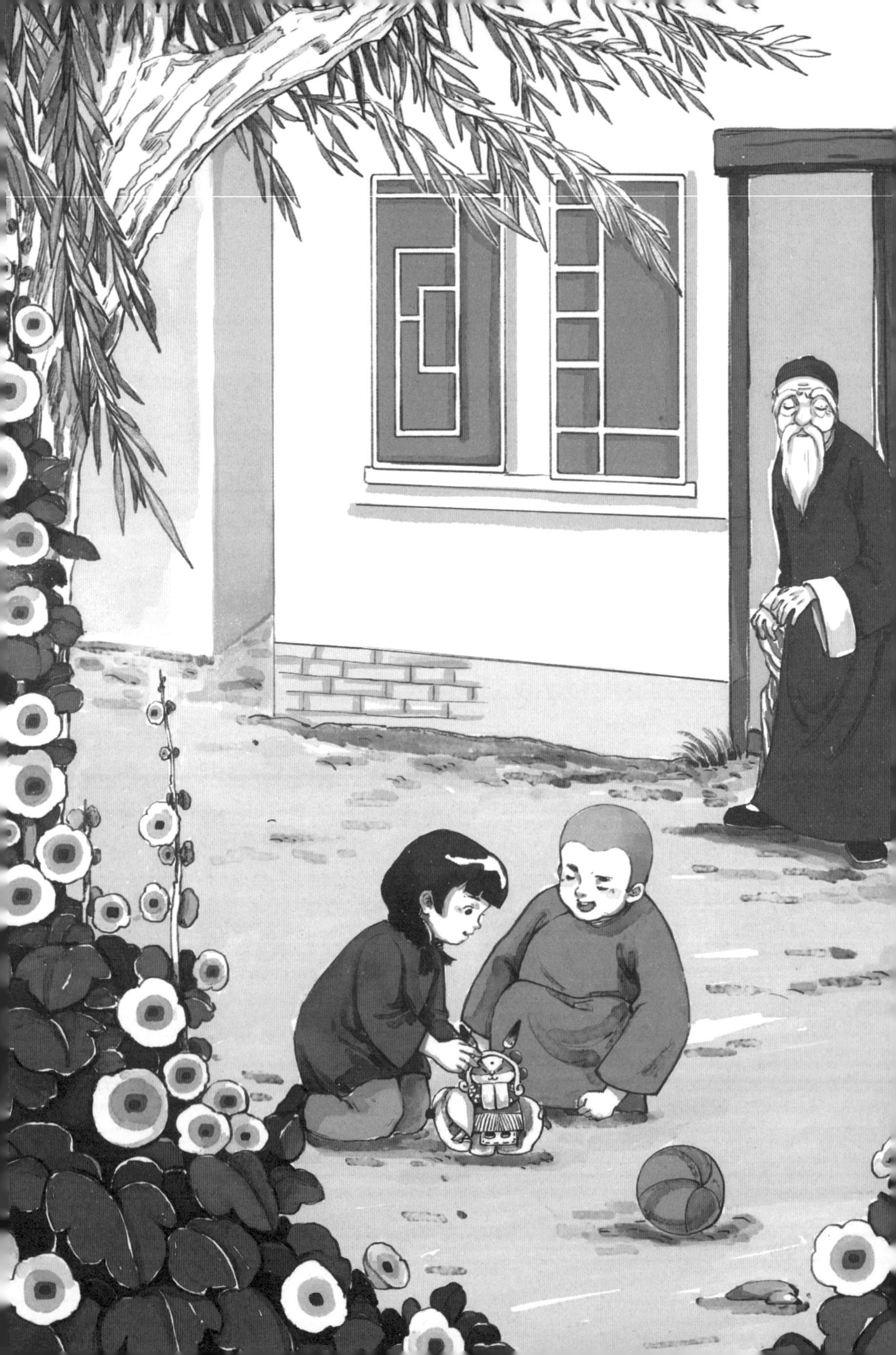

名师赏析

　　《四世同堂》里有老舍最爱的老北京城。对老北京爱之深之切，而又能那么美好地写出来，恐怕没有谁能超过老舍了。写《四世同堂》给了老舍一个绝好机会。它是专门写北平的，而且容量特别大，可以充分发挥，撒开了写。老北京的城市景色、四时风光、节令风俗、季节蔬果、胡同风情、民间礼仪、口语俚语和老百姓的多种性格、多样人生，等等，应有尽有，简直够得上百科全书。单就民俗学，它也是一部宝典。

　　今天的北京，因为时代的发展，人口的暴涨，城市的无限扩张，对历史文物的破坏，和当年比较起来已经面目全非，那种醉人的老北京味儿已经所剩无多，这给人们留下了无可奈何的遗憾。但是，老舍用他的笔给我们保存了消逝的老北京，真真切切的老北京，风味浓醇的老北京，风情万种的老北京，它的文化记忆价值是多少张油画和摄影无法相比的。这是一宗多么伟大的贡献！

十四

北平虽然作了几百年的"帝王之都",它的四郊却并没有受过多少好处。一出城,都市立刻变成了田野。城外几乎没有什么好的道路,更没有什么工厂,而只有些菜园与不十分肥美的田;田亩中夹着许多没有树木的坟地。在平日,这里的农家,和其他的北方的农家一样,时常受着狂风、干旱、蝗虫的欺侮,而一年倒有半年忍受着饥寒。一到打仗,北平的城门紧闭起来,城外的治安便差不多完全交给农民们自行维持,而农民们便把生死存亡都交给命运。他们,虽然有一辈子也不一定能进几次城的,可是在心理上都自居为北平人。他们都很老实,讲礼貌,即使饿着肚子也不敢去为非做歹。他们只受别人的欺侮,而不敢去损害别人。在他们实在没有法子维持生活的时候,才把子弟们送往城里去拉洋车,当巡警或做小生意,得些工资,补充地亩生产的不足。到了改朝换代的时候,他们无可逃避地要受到最大的苦难:屠杀,抢掠,奸污,都首先落在他们的身上。赶到大局已定,皇帝便会把他们的田墓用御笔一圈,圈给那开国的元勋；于是，他们丢失了自家的坟墓与产业，而给别人作看守坟陵的奴隶。

祁老人的父母是葬在德胜门外土城西边的一块相当干燥的地里。据风水先生说，这块地背枕土城——北平城的前身——前面西山，主家业兴旺。这块地将将地够三亩，祁老人由典租而后又找补了点钱，慢慢地把它买过来。他并没有种几株树去纪念父母，而把地仍旧交给原来的地主耕种，每年多少可以收纳一些杂粮。他觉得父母的坟头前后左右都有些青青的麦苗或白薯秧子也就和树木的绿色相差无几，而死鬼们大概也可以满意了。

在老人的生日的前一天，种着他的三亩地的常二爷——一个又干又倔，而心地极好的，将近六十岁的，横粗的小老头儿——进城来看他。德胜门已经被敌人封闭，他是由西直门进来的。背着一口袋新小米，他由家里一口气走到祁家。除了脸上和身上落了一层细黄土，简直看不出来他是刚刚负着几十斤粮走了好几里路的。一进街门，他把米袋放下，先声势浩大地跺了一阵脚，而后用粗硬的手使劲地搓了搓脸，又在身上拍打了一回；这样把黄土大概地除掉，他才提起米袋往里走，一边走一边老声老气地叫："祁大哥！祁大哥！"虽然他比祁老人小着十好几岁，可是，当初不知怎么论的，他们彼此兄弟相称。

常二爷每次来访，总是祁家全家人最兴奋的一天。久住在都市里，他们已经忘了大地的真正颜色与功用；他们的"地"不是黑土的大道，便是石子垫成，铺着臭油的马路。及至他们看到常二爷——满身黄土而拿着新小米或高粱的常二爷——他们才觉出人与大地的关系，而感到亲切与兴奋。他们愿意听他讲些与政治、国际关系、衣装的式样和电影明星，完全无关，可是紧紧与生命相联，最实际、最迫切的问题。听他讲话，就好像吃腻了鸡鸭鱼肉，而嚼一条刚从架上摘下来的，尖端上还顶着黄花的王瓜，那么清鲜可喜。他们完全以朋友对待他，虽然他既是个乡下人，又给他们种着地——尽管只是三亩来的坟地。

祁老人这两天心里正不高兴。自从给小顺儿们买了兔儿爷那天起，他就老大不痛快。对于庆祝生日，他已经不再提起，表示出举行与否全没关系。对钱家，他打发瑞宣给送过十块钱去，钱太太不收。他很想到冠家去说说情，可是他几次已经走到三号的门外，又退了回来。他厌恶冠家像厌恶一群苍蝇似的。但是，不去吧，他又觉得对不起钱家的人。不错，在这年月，人人都该少管别人的闲事；像猫管不着狗的事那样。可是，见死不救，究竟是与心不安的。人到底是人哪，况且，钱先生是他的好友啊！他不便说出心中的不安，大家动问，他只说有点想"小三儿"，遮掩过去。

听到常二爷的声音，老人从心里笑了出来，急忙地迎到院里。院中的几盆石榴树上挂着的"小罐儿"已经都红了，老人的眼看到那发光的红色，心中忽然一亮；紧跟着，他看到常二爷的大腮帮，花白胡须的脸。他心中的亮光像探照灯照住了飞机那么得意。

"常老二！你可好哇？"

"好噢！大哥好？"常二爷把粮袋放下，作了个通天扯地的大揖。

到了屋里，两位老人彼此端详了一番，口中不住地说"好"，而心中都暗道："又老了一些！"

小顺儿的妈闻风而至，端来洗脸水与茶壶。常二爷一边用硬手搓着硬脸，一边对她说："泡点好叶子哟！"

她的热诚劲儿使她的言语坦率而切于实际：

"那没错！先告诉我吧，二爷爷，吃了饭没有？"

瑞宣正进来，脸上也带着笑容，把话接过去："还用问吗？你做去就是啦！"

常二爷用力地用手巾钻着耳朵眼，胡子上的水珠一劲儿往下滴。

"别费事！给我做碗片儿汤就行了！"

"片儿汤？"祁老人的小眼睛睁得不能再大一点，"你这是到了我家里啦！顺儿的妈，赶紧去做，做四大碗炸酱面，煮硬一点！"

她回到厨房去。小顺儿和妞子飞跑地进来。常二爷已洗完脸，把两个孩搂住，而后先举妞子，后举小顺儿，把他们举得几乎够着了天——他们的天便是天花板。把他们放下，他从怀里掏出五个大红皮油鸡蛋来，很抱歉地说："简直找不出东西来！得啦，就这五个蛋吧！真拿不出手去，哼！"

这时候，连天佑太太也振作精神，慢慢地走进来。瑞丰也很想过来，可是被太太拦住。"一个破种地的乡下脑壳，有什么可看的！"她撇着胖嘴说。

大家团团围住，看常二爷喝茶、吃面，听他讲说今年的年成，和家中大小的困难，都感到新颖有趣。最使他们兴奋的，是他把四大碗面条，一中碗炸酱，和两头大蒜，都吃了个干净。吃完，他要了一大碗面汤，几口把它喝干，而后挺了挺腰，说了声："原汤化原食！"

大家的高兴，可惜，只是个很短的时间的。常二爷在打过几个长而响亮的饱嗝儿以后，说出点使大家面面相觑的话来：

"大哥！我来告诉你一声，城外头近来可很不安静！偷坟盗墓的很多！"

"什么？"祁老人惊异地问。

"偷坟盗墓的！大哥你看哪，城里头这些日子怎么样，我不大知道。城外头，干脆没人管事儿啦！你说闹日本鬼子吧，我没看见一个，你说没闹日本鬼子吧，黑天白日的又一劲儿咕咚大炮，打下点粮食来，不敢挑出去卖；不卖吧，又怎么买些针头线脑的呢？眼看着就到冬天，难道不给孩子们身上添点东西吗？近来就更好了，王爷坟和张老公坟全教人家给扒啦，我不晓得由哪儿来的这么一股儿无法无天的人，可是我心里直沉不住气！我自己的那几亩旱也不收，涝也不收的冤孽地，和那几间东倒西歪痨病腔子的草房，都不算一回事！我就是不放心你的那块坟地！大哥，你托我给照应着坟，我没拿过你一个铜板，你也没拿我当作看坟的对待。咱们是朋友。每年春秋两季，我老把坟头拍得圆圆的，多添几锹土；什么话呢？咱们是朋友。那点地的出产，我打了五斗，不能告诉你四斗九升。心眼放正，老天爷看得见！现在，王爷坟都教人家给扒了，万一……"常二爷一劲儿眨巴他的没有什么睫毛的眼。

大家全愣住了。小顺儿看出来屋里的空气有点不大对，扯了扯妞子："走，咱们院子里玩去！"

妞子看了看大家，也低声说了声："肘！"——"走"字，她还不大说得上来。

大家都感到问题的严重，而都想不出办法来。瑞宣只说出一个"亡"字来，就又闭上嘴。他本来要说"亡了国连死人也得受刑！"可是，说出来既无补于事，又足以增加老人们的忧虑，何苦呢？所以他闭上了嘴。

天佑太太说了话："二叔你就多分点心吧，谁教咱们是父一辈子一辈的交情呢！"她明知道这样的话说不说都没关系，可是她必须说出来；老太太们大概都会说这种与事无益，而暂时能教大家缓一口气的话。

"就是啊，老二！"祁老人马上也想起话来，"你还得多分分心！"

"那用不着大哥你嘱咐！"常二爷拍着胸膛说，"我能尽心的地方，决不能耍滑！说假话是狗养的！我要交代清楚，到我不能尽心的时候，大哥你可别一口咬定，说我不够朋友！哼，这才叫作天下大乱，大变人心呢！"

"老二，你只管放心！看事做事；你尽到了心，我们全家感恩不尽！我们也不能抱怨你！那是我们祁家的坟地！"祁老人一气说完，小眼睛里窝着两颗泪。他真的动了心。假如不幸父母的棺材真叫人家给掘出来，他一辈子的苦心与劳力岂不全都落了空？父母的骨头若随便被野狗叼了走，他岂不是白活了七十多岁，还有什么脸再见人呢？

常二爷看见祁老人眼中的泪，不敢再说别的，而只好横打鼻梁负起责任："得啦，大哥！什么也甭说了，就盼着老天爷不亏负咱们这些老实人吧！"说完，他背着手慢慢往院中走。（每逢他来到这里，他必定要把屋里院里全参观一遍，倒好像是游览故宫博物院呢。）来到院中，他故意地夸奖那些石榴，好使祁老人把眼泪收回去。祁老人也跟着来到院中，立刻喊瑞丰拿剪子来，给二爷剪下两个石榴，给孩子们带回去。瑞丰这才出来，向常二爷行礼打招呼。

"老二，不要动！"常二爷拦阻瑞丰去剪折石榴，"长在树上是个玩艺儿！我带回家去，还不够孩子们吃三口的呢！乡下孩子，老像饿疯了似的！"

"瑞丰你剪哪！"祁老人坚决地说，"剪几个大的！"

这时候，天佑太太在屋里低声地叫瑞宣："老大，你搀我一把儿，我站不起来啦！"

瑞宣赶紧过去搀住了她。"妈！怎么啦？"

"老大！咱们作了什么孽，至于要掘咱们的坟哪！"

瑞宣的手碰着了她的，冰凉！他没有话可说，但是没法子不说些什么："妈！不要紧！不要紧！哪能可巧就轮到咱们身上呢！不至于！不至于！"一边说着，他一边搀着她走，慢慢走到南屋去，"妈！喝口糖水吧？"

"不喝！我躺会儿吧！"

扶她卧倒，他呆呆地看着她的瘦小的身躯。他不由得想到：她不定什么时候就会死去，而死后还不知哪会儿就被人家掘出来！他是应当在这里守着她呢，还是应当像老三那样去和敌人决斗呢？他决定不了什么。

"老大，你去吧！"妈妈闭着眼说，声音极微细。

他轻轻地走出来。

常二爷参观到厨房,看小顺儿的妈那份忙劲儿,和青菜与猪肉之多,他忽然地想起来:"哟!明天是大哥的生日!你看我的记性有多好!"说完,他跑到院中,就在石榴盆的附近给祁老人跪下了,"大哥,你受我三个头吧!盼你再活十年二十年的,硬硬朗朗的!"

"不敢当噢!"祁老人喜欢得手足无措,"老哥儿们啦,不敢当!"

"就是这三个头!"二爷一边磕头一边说,"你跟我'要'礼物,我也拿不出来!"叩罢了头,他立起来,用手掸了掸磕膝①上的尘土。

瑞宣赶紧跑过来,给常二爷作揖致谢。

小顺儿以为这很好玩,小青蛙似的,爬在地上,给他的小妹磕了不止三个头。小妞子笑得哏哏的,也忙着跪下给哥哥磕头。磕着磕着,两个头顶在一起,改为顶老羊。

大人们,心里忧虑着坟墓的安全,而眼中看到儿童的天真,都无可如何地笑了笑。

"老二!"祁老人叫常二爷,"今天不要走,明天吃碗寿面再出城!"

"那——"常二爷想了想,"我不大放心家里呀!我并没多大用处,究竟是在家可以给他们仗点胆!嘿!这个年月,简直的没法儿混!"

"我看,二爷爷还是回去的好!"瑞宣低声地说,"省得两下里心都不安!"

"这话对!"常二爷点着头说,"我还是说走就走!抓早儿出城,路上好走一点!大哥,我再来看你!我还有点荞麦呢,等打下来,我送给你点!那么,大哥,我走啦!"

"不准你走!"小顺儿过来抱住常二爷的腿。

"不肘!"妞子永远摹仿着哥哥,也过来拉住老人的手。

---

① 磕膝:指膝盖。

"好乖！真乖！"常二爷一手拍着一个头，口中赞叹着，"我还来呢！再来，我给你们扛个大南瓜来！"

正这么说着，门外李四爷的清脆嗓音在喊："城门又关上了，先别出门啊！"

祁老人与常二爷都是饱经患难的人，只知道谨慎，而不知道害怕。可是听到李四爷的喊声，他们脸上的肌肉都缩紧了一些，胡子微微地立起来。小顺儿和妞子，不知道为什么，赶紧撒开手，不再缠磨常二爷了。

"老二！咱们屋里坐吧！"祁老人往屋中让常二爷，好像屋中比院里更安全似的。

直到第二天下午，李四爷在大槐树下报告，城门开了，常二爷赶紧告辞。常二爷走后，祁老人躺下了，晚饭也没有起来吃。

十五

　　常二爷的生活是最有规律的,而且这规律是保持得那么久,倒好像他是大自然的一个钟摆,老那么有规律地摆动,永远不倦息与停顿。因此,他虽然已经六十多岁,可是他自己似乎倒不觉得老迈;他的年纪仿佛专为给别人看的,像一座大钟那样给人们报告时间。因此,虽然他吃的是粗茶淡饭,住的是一生火就像砖窑似的屋子,穿的是破旧的衣裳,可是他,自青年到老年,老那么活泼结实,直像刚挖出来的一个红萝卜,虽然带着泥土,而鲜灵灵的可爱。

　　每到元旦,他在夜半就迎了神,祭了祖,而后吃不知多少真正小磨香油拌的素馅饺子——他的那点猪肉必须留到大年初二祭完财神,才做一顿元宝汤的。吃过了素馅饺子,他必须熬一通夜。他不赌钱,也没有别的事情,但是他必须熬夜,为是教灶上老有火亮,贴在壁上的灶王爷面前老烧着一线高香。这是他的宗教。他并不信灶王爷与财神爷真有什么灵应,但是他愿屋中有点光亮与温暖。他买不起鞭炮,与成斤的大红烛,他只用一线高香与灶中的柴炭,迎接新年，希望新年与他的心地全是光明的。后半夜，他发困的时候，他会出去看一看天上的星；经凉风儿一吹，他便又有了精神。进来，他抓一把专为过年预备的铁蚕豆，把它们嚼得嘣嘣地响。他并不一定爱吃那些豆子，可是真满意自己的牙齿。

天一亮，他勒一勒腰带，顺着小道儿去"逛"大钟寺。没有人这么早来逛庙，他自己也并不希望看见什么豆汁摊子、大糖葫芦、沙雁、风车与那些红男绿女。他只是为走这么几里地，看一眼那座古寺；只要那座庙还存在，世界仿佛就并没改了样，而他感到安全。

看见了庙门，他便折回来，沿路去向亲戚朋友拜年。到十点钟左右，他回到家，吃点东西，便睡一个大觉。大年初二，很早地祭了财神，吃两三大碗馄饨，他便进城去拜年，祁家必是头一家。

今年，他可是并没有到大钟寺去，也没到城里来拜年。他的世界变了，变得一点头脑也摸不着。夜里，远处老有枪声，有时候还打炮。他不知道是谁打谁，而心里老放不下去。像受了惊吓的小儿似的，睡着睡着他就猛地一下子吓醒。有的时候，他的和邻居的狗都拼命地叫，叫得使人心里发颤。第二天，有人告诉他：夜里又过兵来着！什么兵？是我们的，还是敌人的？没人知道。

假若夜里睡不消停，白天他心里也不踏实。谣言很多。尽管他的门前是那么安静，可是只要过来一辆大车或一个行人，便带来一片谣言。有的说北苑来了多少敌兵，有的说西苑正修飞机场，有的说敌兵要抓几千名伕子，有的说沿着他门前的大道要修公路。抓伕？他的儿子正年轻力壮啊！他得设法把儿子藏起去。修公路？他的几亩田正在大道边上；不要多，只占去他二亩，他就受不了！他决定不能离开家门一步，他须黑天白日盯着他的儿子与田地！

还有人说：日本人在西苑西北屠了两三个村子，因为那里窝藏着我们的游击队。这，常二爷想，不能是谣言；半夜里的枪声炮响不都是在西北么？他愿意相信我们还有游击队，敢和日本鬼子拼命。同时，他又怕自己的村子也教敌人给屠了。想想看吧，德胜门关厢的监狱不是被我们的游击队给砸开了么？他的家离德胜门也不过七八里路呀！屠村子是可能的！

他不但听见，也亲眼看见了：顺着大道，有许多人从西北往城里去，他们都扶老携幼的，挑着或背着行李。他打听明白：这些人起码都是小康之家，家中有房子有地。他们把地像白给似的卖出去，放弃了房子，搬到城里去住。他们怕屠杀。这些人也告诉他：日本人将来不要地税，而是要粮食，连稻草与麦秆儿全要。你种多少地，收多少粮，日本人都派人来监视；你收粮，他拿走！你不种，他照样地要！你不交，他治死你！

不！不！什么都也许会遇见，只有日本人来抢庄稼是谣言，地道的谣言！他不能先信谣言，吓唬自己。

不过，万一敌人真要抢粮来，怎办呢？即使不来抢，而用兵马给践踏坏了，怎办呢？他想不出办法！他的背上有点痒，像是要出汗！他只能昼夜地看守着他的地。有人真来抢劫，他会拼命！这么决定了，他又高兴一点，开始顺着大道去拣马粪。拣着一堆马粪，他就回头看一看他的地，而后告诉自己：都是谣言，地是丢不了的！金子银子都容易丢了，只有这黑黄的地土永远丢不了！

快到清明了，他更忙了一些。一忙，他心里反倒踏实了好多。夜里虽还时时听到枪声，可是敌人并没派人来要粮。麦苗已经不再趴在地上，都随着春风立起来，油绿油绿的。

对祁家那块坟地，他一点也不比自己的那块少卖力气。"快清明了！"他心中说，"应当给他们拍一拍坟头！谁管他们来不来烧纸呢！"他给坟头添了土，拍得整整齐齐的。一边拍，一边他想念祁家的人，今年初二，他没能去拜年，心中老觉得不安。他盼望他们能在清明的时节来上坟。假若他们能来，那就说明了城里的人已不怕出城，而日本人抢粮的话十之八九是谣言了。

离他有二里地的马家大少爷闹嗓子，已经有一天多不能吃东西。大少爷的病既这么严重，全家都慌了，所以来向常二爷要主意。常二爷正在地里忙着，可是救命的事是义不容辞的。他不是医生，但是凭他的生活经验与人格，邻居们相信他或者比相信医生的程度还更高一些。他记得不少的草药偏方，从地上挖巴挖巴就能治病，既省钱又省事。在他看，只有城里的人才用得着医生，唯一的原因是城里的人有钱。对马家少爷的病，他背诵了许多偏方，都觉得不适用。闹嗓子是重病。最后，他想起来六神丸。他说：

"这可不是草药，得上城里买去，很贵！"

贵也没办法呀，救命要紧！马家的人从常二爷的口中听到药名，仿佛觉得病人的命已经可以保住。他们丝毫不去怀疑六神丸。只要出自常二爷之口，就是七神丸也一样能治病的。问题只在哪儿去筹几块钱，和托谁去买。

七拼八凑地，弄到了十块钱。谁去买呢？当然是常二爷。大家的逻辑是：常二爷既知道药名，就也必知道到哪里去买；而且，常二爷若不去买，别人即使能买到，恐怕也会失去效验的！

常二爷被自己的话绕在里边了！他非去不可！众望所归，还有什么可说的呢？揣上那十块钱，他勒了勒腰带，准备进城。已经走了几步，有人告诉他，一进西直门就坐电车，一会儿就到前门。他点了点头，而心中很乱；他不晓得坐电车都有多少手续与规矩。他一辈子只晓得走路，坐车已经是个麻烦，何况又是坐电车呢！不，他告诉自己，不坐车，走路是最妥当的办法！

刚一进西直门，他就被日本兵拦住了。他有点怕，但是决定沉住了气。心里说："我是天字第一号的老实人，怕什么呢？"

日本人打手势教他解开怀。他很快地就看明白了，心中几乎要高兴自己的沉着与聪明。在解纽扣之前，他先把怀中掖着的十块钱票子取了出来,握在手中。心里说:"除了这个,准保你什么也搜不着!有本事的话,你也许能摸住一两个虱子!"

日本人劈手把钱抢过去,回手就是左右开弓两个嘴巴。常二爷的眼前飞起好几团金星。

"大大的坏,你!"日本兵指着老人的鼻子说。说罢,他用手捏着老人的鼻子,往城墙上拉;老人的头碰在了墙上,日本兵说:"看!"

老人看见了,墙上有一张告示。可是,他不认那么多的字。对着告示,他咽了几口气。怒火烧着他的心,慢慢地他握好了拳。他是个中国人,北方的中国人,北平郊外的中国人。他不认识多少字,他可是晓得由孔夫子传下来的礼义廉耻。他吃的是糠,而道出来的是仁义。他一共有几亩地,而他的人格是顶得起天来的。他是个最讲理的、知耻的,全人类里最拿得出去的,人!他不能这么白白地挨打受辱,他可以不要命,而不能随便丢弃了"理"!

可是,他也是世界上最爱和平的人。慢慢地,他把握好的拳头又放开了。他的邻居等着吃药呢!他不能只顾自己的脸面,而忘了马少爷的命!慢慢地,他转过身来,像对付一条恶狗似的,他忍着气央求:"那几块钱是买药的,还给我吧!那要是我自己的钱,就不要了,你们当兵的也不容易呀!"

日本兵不懂他的话,而只向旁边的一个中国警察一努嘴。警察过来拉住老人的臂,往瓮圈里拖。老人低声地问:"怎么回事?"

警察用很低的声音,在老人耳边说:"不准用咱们的钱啦,一律用他们的!带着咱们的钱,有罪!好在你带得少,还不至于有多大的罪过。得啦,"他指着瓮圈内的路旁,"老人家委屈一会儿吧!"

"干什么?"老人问。

"跪一会儿!"

"跪？"老人从警察手中夺出胳臂来。

"好汉不吃眼前亏！你这么大的年纪啦，招他捶巴一顿，受不了！没人笑话你，这是常事！多咱咱们的军队打回来，把这群狗养的都杀绝！"

"我不能跪！"老人挺起胸来。

"我可是好意呀，老大爷！论年纪，你和我父亲差不多！这总算说到家了吧？我怕你再挨打！"

老人没了主意，日本兵有枪，他自己赤手空拳。即使他肯拼命，马家的病人怎么办呢？极慢极慢地，眼中冒着火，他跪了下去。他从手到脚都哆嗦着。除了老亲和老天爷，他没向任何人屈过膝。今天，他跪在人马最多的瓮圈儿中。他不敢抬头，而把牙咬得山响，热汗顺着脖子往下流。

虽然没抬头，他可是觉得出，行人都没有看他；他的耻辱，也是他们的；他是他们中间的老人。跪了大概有一分钟吧，过来一家送殡的，闹丧鼓子乒乒乓乓地打得很响。音乐忽然停止。一群人都立在他身旁，等着检查。他抬起头来看了一眼，那些穿孝衣的都用眼盯着日本人，沉默而着急，仿佛很怕棺材出不了城。他叹了口气，对自己说："连死人也逃不过这一关！"

日本兵极细心地检查过了一切的人，把手一扬，锣鼓又响了。一把纸钱，好似撒的人的手有点哆嗦，没有揉好，都三三两两的还没分开，就落在老人的头上。日本兵笑了。那位警察乘着机会走过来，假意作威地喊："你还不滚！留神，下次犯了可不能这么轻轻地饶了你！"

老人立起来，看了看巡警，看了看日本兵，看了看自己的磕膝。他好像不认识了一切，呆呆地愣在那里。他什么也不想，只想过去拧下敌兵的头来。一辈子，他老承认自己的命运不好，所以永远连抱怨老天爷不下雨都觉得不大对。今天他所遇到的可并不是老天爷，而是一个比他年轻许多的小兵。他不服气！人都是人，谁也不应当教谁矮下一截，在地上跪着！

"还不走哪？"警察很关心地说。

老人用手掌使劲地擦了擦嘴上的花白短胡，咽了口气，慢慢地往城里走。

他去找瑞宣。进了门，他没敢跺脚和拍打身上的尘土，他已经不是人，他须去掉一切人的声势。走到枣树那溜儿，带着哭音，他叫了声："祁大哥！"

祁家的人全一惊，几个声音一齐发出来："常二爷！"

他立在院子里。"是我哟！我不是人！"

小顺儿是头一个跑到老人的跟前，一边叫，一边扯老人的手。

"别叫了！我不是太爷，是孙子！"

"怎么啦？"祁老人越要快而越慢地走出来，"老二，你进来呀！"

瑞宣夫妇也忙着跑过来。小妞儿慌手忙脚地往前钻，几乎跌了一跤。

"老二！"祁老人见着老友，心中痛快得仿佛像风雪之后见着阳光似的，"你大年初二没有来！不是挑你的眼，是真想你呀！"

"我来？今天我来了！在城门上挨了打，罚了跪！凭我这个年纪，罚跪呀！"他看着大家，用力往回收敛他的泪。可是，面前的几个脸都是那么熟习和祥，他的泪终于落了下来。

"怎么啦？常二爷爷！"瑞宣问。

"先进屋来吧！"祁老人虽然不知是怎回事，可是见常二爷落了泪，心中有些起急，"小顺儿的妈，打水，泡茶去！"

进到屋中，常二爷把城门上的一幕学说给大家听。"这都是怎回事呢？大哥，我不想活着了，快七十了，越活越矮，我受不了！"

"是呀！咱们的钱也不准用了！"祁老人叹着气说。

"城外头还照常用啊！能怪我吗？"常二爷提出他的理由来。

"罚跪还是小事，二爷爷！不准用咱们的钱才厉害！钱就是咱们的血脉，把血脉吸干，咱们还怎么活着呢？"瑞宣明知道这几句话毫无用处，可是已经憋了好久，没法不说出来。

常二爷没听懂瑞宣的话，可是他另悟出点意思来："我明白了，这真是改朝换代了，咱们的钱不准用，还教我在街上跪着！"

瑞宣不愿再和老人讲大事，而决定先讨他个欢心。"得啦，还没给你老人家拜年，给你拜个晚年吧！"说完，他就跪在了地上。

这，不但教常二爷笑了笑，连祁老人也觉得孙子明礼可爱。祁老人心中一好受，马上想出了主意：

"瑞宣，你给买一趟药去！小顺儿的妈，你给二爷爷做饭！"

常老人不肯教瑞宣跑一趟前门。瑞宣一定要去："我不必跑那么远，新街口有一家铺子就带卖！我一会儿就回来！"

"真的呀？别买了假药！"常二爷受人之托，唯恐买了假药。

"假不了！"瑞宣跑了出去。

饭做好，常二爷不肯吃。他的怒气还未消。大家好说歹说的，连天佑太太也过来劝慰，他才勉强地吃了一碗饭。饭后说闲话，他把乡下的种种谣言说给大家听，并且下了注解："今天我不敢不信这些话了，日本人是什么屎都拉得出来的！"

瑞宣买来药，又劝慰了老人一阵。老人拿着药告辞："大哥，没有事我可就不再进城了！反正咱们心里彼此想念着就是了！"

十六

瑞丰夫妇到冠家去。

冠先生与冠太太对客人的欢迎是极度热烈的。晓荷拉住瑞丰的手,有三分多钟,还不肯放开。他的呼吸气儿里都含着亲热与温暖。大赤包,摇动着新烫的魔鬼式的头发,把瑞丰太太搂在怀中。祁氏夫妇来的时机最好。自从钱默吟先生被捕,全胡同的人都用白眼珠瞟冠家的人。

瑞丰夫妇在冠家觉得特别舒服,像久旱中的花木忽然得到好雨。他们听的、看的,和感觉到的,都恰好是他们所愿意听的、看的,与感觉到的。大赤包亲手给他们煮了来自英国府的咖啡,切开由东城一家大饭店新发明的月饼。

瑞丰太太的一向懒洋洋的胖身子与胖脸,居然挺脱起来。

"打几圈儿吧?"大赤包提议。

瑞丰没带着多少钱,但是绝对不能推辞。瑞丰太太马上答应了:"我们俩一家吧!我先打!"说着,她摸了摸手指上的金戒指,暗示给丈夫："有金戒指呢！宁输掉了它，不能丢人！"瑞丰暗中佩服太太的见识与果敢，可是教她先打未免有点不痛快。他晓得她的技巧不怎样高明，而脾气又犟——越输越不肯下来。他的小干脸上有点发僵。

这时候，大赤包问晓荷："你打呀？"

"让客人！"晓荷庄重而又和悦地说，"瑞丰你也下场好了！"

"不！我和她一家儿！"瑞丰自以为精明老练，不肯因技痒而失去控制力。

"那么，太太，桐芳或高第招弟，你们四位太太小姐们玩会儿好啦！我们男的伺候着茶水！"晓荷对妇女的尊重，几乎像个英国绅士似的。

瑞丰不能不钦佩冠先生了，于是爽性决定不立在太太背后看歪脖子和。

桐芳把权利让给了招弟，表示谦退，事实上她是怕和大赤包因一张牌也许又吵闹起来。

妇人们入了座。晓荷陪着瑞丰闲谈，对牌桌连睬也不睬。

"打牌，吃酒，"他告诉客人，"都不便相强。强迫谁打牌，正和揪着人家耳朵灌酒一样的不合理。我永远不抢酒喝，不争着打牌；也不勉强别人陪我。在交际场中，我觉得我这个态度最妥当！"

瑞丰再看他的太太，她已经变成在狮子旁边的一只肥美而可怜的羊羔。她的脸上的肌肉缩紧，上门牙咬着下嘴唇，为是使精力集中，免生错误，可是那三家的牌打得太熟太快，不知怎的她就落了空。

瑞丰还勉强着和晓荷乱扯，可是心中极不放心太太手上的金戒指。

牌打到西风圈，大赤包连坐三把庄。忽然，西院的两位妇人哭嚎起来。哭声像小钢针似的刺入她的耳中。啼声由嚎啕改为似断似续的悲啼,牌的响声也一齐由清脆的啪啪改为在桌布上的轻滑。牌的出入迟缓了好多,高第和招弟的手都开始微颤。大赤包打错了一张牌,竟被瑞丰太太和了把满贯。

"爸爸!"高第叫了一声。

"啊?"晓荷轻妙地问了声。

"替我打两把呀?"

"好的!好的!"他刚坐下,西院的哭声,像歇息了一会儿的大雨似的,比以前更加猛烈了。

大赤包把一张幺饼猛地拍在桌上,眼看着西边,带着怒气说:"太不像话了,这两个臭娘们!大节下的嚎什么丧呢!"

"我要是有势力的话,碰!"大赤包碰了一对九万,接着说:"我就把这样的娘们一个个都宰了才解气!跟她们做邻居真算倒了霉,连几圈小麻将她们都不许你消消停停地玩!"

屋门开着呢,大赤包的一对幺饼型的眼睛看见桐芳和高第往外走。"嗨!你们俩上哪儿?"她问。

桐芳的脚步表示出快快溜出去的意思,可是高第并不怕她的妈妈,而想故意地挑战:"我们到西院看看去!"

"胡说!"大赤包半立起来,命令晓荷,"快拦住她们!"

晓荷顾不得向瑞丰太太道歉,手里握着一张红中就跑了出去。到院中,他一把没有抓住桐芳(因为红中在手里,他使不上力),她们俩跑了出去。

"我去把她们俩扯回来!"大赤包没有交代一声牌是暂停,还是散局,立起来就往院中走。

瑞丰太太的胖脸由红而紫,像个熟过了劲儿的大海茄。这把牌,她又起得不错,可是大赤包离开牌桌,而且并没交代一声。她感到冤屈与耻辱。西院的哭声,她好像完全没有听到。她是"一个心眼"的人。

瑞丰忙过去安慰她:"钱家大概死了人!不是老头子教日本人给枪毙了,就是大少爷病重。咱们家去吧!在咱们院子里不至于听得这么清楚!走哇?"

瑞丰太太一把拾起自己的小皮包,一把将那手很不错的牌推倒,怒冲冲地往外走。

"别走哇!"晓荷闪开了路,而口中挽留她。

她一声没出。瑞丰搭讪着也往外走,口中啊啊着些个没有任何意思的字。

"再来玩!"晓荷不知送他们出去好,还是只送到院中好。他有点怕出大门。

大赤包要往西院去的勇气,到院中便消去了一大半。看瑞丰夫妇由屋里出来,她想一手拉住一个,都把他们拉回屋中。可是,她又没做到。她只能说出:"不要走!这太对不起了!改天来玩呀!"

祁家夫妇刚走出去,大赤包对准了晓荷放去一个鱼雷。"你怎么了?怎么连客也不知道送送呢?你怕出大门,是不是?西院的娘们是母老虎,能一口吞了你?"

晓荷决定不反攻,他低声地对自己说:"这也许就是个小报应呢!"

"什么?"大赤包听见了,马上把双手叉在腰间,像一座"怒"的刻像似的,"放你娘的驴屁!"

"什么屁不好放,单放驴屁?"晓荷觉得质问得非常的得体,心中轻松了些。

孙七、李四妈、瑞宣、李四爷,前后脚地来到钱家。事情很简单!钱孟石病故,他的母亲与太太在哭。

孙七,泪在眼圈里,跺开了脚!"这是什么世界!抓去老的,逼死小的!我……"他想破口大骂,而没敢骂出来。

瑞宣,在李四爷身后,决定要和四爷学,把一就看成一,二看成二；哀痛、愤怒、发急，都办不了事。尽管钱老人是他的朋友，孟石是他的老同学，他决定不撒开他的感情去恸哭，而要极冷静地替钱太太办点事。

孟石，还穿着平时的一身旧夹裤褂，老老实实地躺在床上，和睡熟了的样子没有多大区别。他的脸瘦得剩了一条。在这瘦脸上，没有苦痛，没有表情，甚至没有了病容，就那么不言不语地，闭着眼安睡。

四大妈拉住两个妇人的手，陪着她们哭。钱太太与媳妇已经都哭傻了，张着嘴，合着眼，泪与鼻涕流湿了胸前，她们的哭声里并没有一个字，只是由心里往外倾倒眼泪，由喉中激出悲声。哭一会儿，她们噎住，要闭过气去。

李四爷含着泪在一旁等着。他的年纪与领杠埋人的经验，教他能忍心地等待。等到她们死去活来地有好几次了，他抹了一把鼻涕，高声地说："死人是哭不活的哟！都住声！我们得办事！不能教死人臭在家里！"

钱太太哭得已经没有了声音，没有了泪，也差不多没有了气。她直着眼，愣起来。她的手和脚已经冰冷，失去了知觉。

少奶奶横着心，忍住了悲恸。愣了一会儿，她忽然地跪下了，给大家磕了报丧的头。大家都愣住了；想了一下，才明白过来。四大妈的泪又重新落下来："起来吧！苦命的孩子！"可是，少奶奶起不来了。这点控制最大的悲哀的努力，使她筋疲力尽。手脚激颤着，她瘫在了地上。

这时候，钱太太吐出一口白沫子来，哼哼了两声。

"想开一点呀，钱太太！"李四爷劝慰，"有我们这群人呢，什么事都好办！"

"钱伯母！我也在这儿呢！"瑞宣对她低声地说。

桐芳和高第已在门洞里立了好半天。听院内的哭声止住了，她们才试着步往院里走。

　　孙七看见了她们，赶紧迎上来，要细看看她们是谁。及至看清楚了，他头上与脖子上的青筋立刻凸起来。他久想发作一番，现在他找到了合适的对象："小姐太太们，这儿没唱戏，也不耍猴子，没有什么好看的！请出！"

　　桐芳把外场劲儿拿出来："七爷，你也在这儿帮忙哪？有什么我可以做的事没有？"

　　孙七听小崔说过，桐芳的为人不错。他是错怪了人，于是弄得很僵。

　　桐芳和高第搭讪着往屋里走，把李四爷叫到院中来。

　　"四爷！"桐芳低声而亲热地叫，"我知道咱们的胡同里都怎么恨我们一家子人！可是我和高第并没过错。我们俩没出过坏主意，陷害别人！我和高第想把这点意思告诉给钱老太太，可是看她哭得死去活来的，实在没法子张嘴。得啦，我求求你吧，你老人家得便替我们说一声吧！"

　　四爷听桐芳说得那么恳切，他又觉得不应当过度地怀疑她们。他不好说什么，只不着边际地点了点头。

　　"四爷！"高第的短鼻子上纵起许多带着感情的碎纹，"钱太太是不是很穷呢？"

　　李四爷对高第比对桐芳更轻视一些，因为高第是大赤包的女儿。他又倔又硬地回答出一句："穷算什么呢？钱家这一下子断了根，绝了后！"

　　桐芳把话抢过来："四爷，我和高第有一点小意思！"她把手中握了半天的一个小纸包——纸已被手心上的汗沤得皱起了纹——递过来："你不必告诉钱家的婆媳，也不必告诉别人，你爱怎么用就怎么用，给死鬼买点纸烧也好，给……也好，都随你的便！"

　　李四爷的心中暖和了一点，把小纸包接了过来。他晓得钱家过的是苦日子，而丧事有它的必须花钱的地方。当着她俩，他把小包儿打开，以便心明眼亮；里面是桐芳的一个小金戒指，和高第的二十五块钞票。

"我先替你们收着吧！"老人说，"用不着，我原物交还；用得着，我有笔清账！我不告诉她们，好在她们一家子都不懂得算账！"

桐芳和高第的脸上都光润了一点，觉得她们是做了一件最有意义的事。

她们走后，李老人把瑞宣叫到院中商议："事情应该快办哪，钱少爷的身上还没换一换衣服呢！要老这么耽搁着，什么时候能抬出去呢？入土为安；又赶上这年月，更得快快地办啦！"

"四爷爷！"瑞宣亲热地叫着，"现在我们去和钱太太商议，管保是毫无结果，她已经哭昏了。"

李老人猜到瑞宣的心意："咱们可做不了主，祁大爷！事情我都能办，棺材铺、杠房，我都熟，都能替钱太太省钱。可是，没有她的话，我可不敢去办。"

瑞宣说："我家去把小顺儿的妈找来，叫她一边劝一边问钱太太。等问明白了，我通知你们两位，好不好？"找到了韵梅，很简单而扼要地把事情告诉明白了她。一听到钱家的事，她马上挺了挺腰，忙而不慌地擦了把手，奔了钱家去。

祁老人把瑞宣叫了去。瑞宣明知道说及死亡必定招老人心中不快，可是他没法做善意的欺哄，因为钱家的哭声是随时可以送到老人的耳中的。

听到孙子的报告，老人好大半天没说上话来。患难打不倒他的乐观，死亡可使他不能再固执己见。他已不大相信自己的智慧与经验了！

瑞丰在窗外偷偷地听话儿呢。他要偷听瑞宣对老祖父说些什么，以便报告给冠家。

瑞宣走出来，弟兄两个打了个照面。瑞丰见大哥的眼圈红着，猜到他必是极同情钱太太。

"大哥！"他的声音很低，神气恳切而诡秘，"钱家的孟石也死啦！""也"字说得特别的用力，倒好像孟石的死是为凑热闹似的。

"啊！"瑞宣的声音也很低，可是不十分好听，"他也是你的同学！"他的"也"字几乎与二弟的那个同样的有力。

瑞丰很勉强地笑了笑。"尽管是同学！我对大哥你不说泛泛的话，因为你闯出祸来，也跑不了我！我看哪，咱们都少到钱家去！钱老人的生死不明，你怎知道没有日本侦探在暗中监视着钱家的人呢？再说，冠家的人都怪好的，咱们似乎也不必因为帮忙一家邻居，而得罪另一家邻居，是不是？"

"你说完了？"瑞宣很冷静地问。

老二点了点头，小干脸僵巴起来。"大哥！我很愿意把话说明白了，你知道，她——"他向自己的屋中很恭敬地指了指，倒像屋中坐着的是位女神，"她常劝我分家，我总念其手足的情义，不忍说出口来！你要是不顾一切地乱来，把老三放走，又帮钱家的忙，我可是真不甘心受连累！"他的语声提高了许多。

"啊？"瑞宣眨巴了几下眼，忽然地发了气。他的脸突然地红了，紧跟着又白起来。"你到底要干吗？"他忘了祖父与母亲的病，忘了一切，声音很低，可是很宽，像憋着大雨的沉雷，"分家吗？你马上滚！"

瑞丰太太肉滚子似的扭了出来。"丰！你进来！有人叫咱们滚，咱们还不忙着收拾收拾就走吗？等着叫人家踢出去，不是白饶一面儿吗？"

瑞丰放弃了妈妈，小箭头似的奔了太太去。

"瑞宣——"祁老人在屋里扯着长声儿叫："瑞宣——"并没等瑞宣答应，他发开了纯为舒散肝气的议论："不能这样子呀！小三儿还

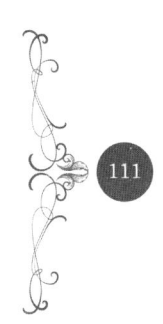

没有消息，怎能再把二的赶出去呢！今天是八月节，家家讲究团圆，怎么单单咱们说分家呢？要分，等我死了再说；我还能活几天？你们就等不得呀！"

瑞宣没答理祖父，也没安慰妈妈，低着头往院外走。

他在钱家守了一整夜的死人。

十七

除了娘家人来到，钱家婆媳又狠狠地哭了一场之外，她们没有再哭出声来。

李四爷开始喜欢钱太太，因为她是那么简单痛快，只要他一出主意，她马上点头，不给他半点麻烦。从一方面看，她对于一切东西的价钱和到什么地方去买，似乎全不知道，所以他一张口建议，她就点头。从另一方面看，她的心中又像颇有些打算，并不胡里胡涂地就点头。

为慎重起见，李四爷避着钱太太，去探听少奶奶的口气。她没有任何意见，婆婆说怎办，就怎办。四爷又特别提出请和尚念经的事，她说："公公和孟石都爱作诗，什么神佛也不信。"四爷不知道诗是什么，更想不透为什么作诗就不信佛爷。他只好放弃了自己的主张。他问到钱太太到底有多少钱，少奶奶毫不迟疑地回答："一个钱没有！"

李四爷抓了头。不错，他自己准备好完全尽义务，把杠领出城

去。但是，杠钱、棺材钱和其他的开销，尽管他可以设法节省，可也要马上就筹出款子来呀！他把瑞宣拉到一边，咬了咬耳朵。

瑞宣按着四爷的计划，先糙糙地在心中造了个预算表，然后才说："我晓得咱们胡同里的人多数的都肯帮忙。但是钱太太绝不喜欢咱们出去替她化缘募捐。咱们自己呢，至多也不过能掏出十块八块的，那和总数还差得多呢！咱们是不是应当去问问她们的娘家人呢？"

"应当问问！"老人点了头，"这年月，买什么都要付现钱！要不是闹日本鬼子，我准担保能赊出一口棺材来；现在，连一斤米全赊不出来，更休提寿材了！"

钱太太的弟弟，和少奶奶的父亲，都在这里。钱太太的弟弟陈野求，是个相当有学问，而心地极好的中年瘦子。脸上瘦，所以就显得眼睛特别的大。假若不是因为他有一位躺在坟地的，和一位躺在床上的，太太，这两位太太给他生的八个孩子，他必定不会老被人看成空中飞动的一片鸡毛。只要他用一点力，他就能成为一位学者。可是，八张像蝗虫的小嘴，和十六对像铁犁的脚，就把他的学者资格永远褫夺了。无论他怎样卖力气，八个孩子的鞋袜永远教他爱莫能助！

他和钱默吟是至近的亲戚，也是最好的朋友。

就是他，陪着瑞宣熬了第一夜。瑞宣相当地喜欢这个人。最足以使他们俩的心碰到一处的是他们对国事的忧虑，尽管忧虑，可是没法子去为国尽忠。他告诉瑞宣："从只顾私而不顾公，只讲斗心路而不敢真刀真枪地去干这一点看，我实在不佩服中国人。北平亡了这么多日子了，我就没看见一个敢和敌人拼一拼的！中国的人惜命忍辱实在值得诅咒！话虽这样说，可是你我……"

瑞宣惨笑了一下："你我大概差不多！"

现在，瑞宣和李四爷来向野求要主意。野求的眼珠定住了。他的轻易不见一点血色的瘦脸上慢慢地发暗——他的脸红不起来，因为贫血。张了几次嘴，他才说出话来："我没钱！我的姐姐大概和我一样！"

他们去找少奶奶的父亲——金三爷。他是个大块头。虽然没有李四爷那么高，可是比李四爷宽得多。宽肩膀，粗脖子，他的头几乎是四方的。头上脸上全是红光儿，脸上没有胡须，头上只剩了几十根灰白的头发。最红的地方是他的宽鼻头，放开量，他能一顿喝斤半高粱酒。在少年，他踢过梅花桩，摔过私跤，扔过石锁，练过形意拳，而没读过一本书。经过五十八个春秋，他的功夫虽然已经撂下了，可是身体还像一头黄牛那么结实。

金三爷的办公处是在小茶馆里。泡上一壶自己带来的香片，吸两袋关东叶子烟，他的眼睛看着出来进去的人，耳中听着四下里的话语，心中盘算着自己的钱。看到一个合适的人，或听到一句有灵感的话，他便一个木楔子似的挤到生意中去。他说媒，拉纤，放账！他的脑子里没有一个方块字，而有排列得非常整齐的一片数目字。他非常地爱钱，钱就是他的"四书"或"四叔"——他分不清"书"与"叔"有多少不同之处。可是，他也能很大方。

他和默吟先生做过同院的街坊。默吟先生没有借过他的钱，而时常送给他点茵陈酒，因此，两个人成了好朋友。默吟先生一肚子诗词，三爷一肚子账目，可是在不提诗词与账目，而都把脸喝红了的时候，二人发现了他们都是"人"。

因为友好，他们一来二去地成了儿女亲家。

这次来到钱家，他准知道买棺材什么的将是他的责任。"二百块以内，我兜着！二百出了头，我不管那个零儿！这年月，谁手里也不方便！"说完，他和李四爷又讨论了几句；对四爷的办法，他都点了头；他从几句话中看出来四爷是内行，绝对不会把他的"献金"随便被别人赚了去。

棺材到了，一口极笨重结实，而极不好看的棺材！没上过漆，木材的一切缺陷全显露在外面，显出凶恶狠毒的样子。

孟石只穿了一身旧衣服，被大家装进那个没有一点感情的大白匣子去。

金三爷用大拳头捶了棺材两下子，满脸的红光忽然全晦暗起来，高声地叫着："孟石！孟石！你就这么忍心地走啦？"

钱太太还是没有哭。在棺材要盖上的时候，她颤抖着从怀中掏出一小卷，没有裱过，颜色已灰黄了的纸来，放在儿子的手旁。

瑞宣向野求递了个眼神。他们俩都猜出来那必是一两张字画。可是他们都不敢去问一声。

少奶奶大哭起来。金三爷的泪是轻易不落下来的，可是女儿的哭声使他的眼失去了控制泪珠的能力。这，招起他的暴躁；他过去拉着女儿的手，厉声地喝喊："不哭！不哭！"女儿继续地悲号，他停止了呼喝，泪也落了下来。

出殡的那天是全胡同最悲惨的一天。十六个没有穿袈衣的穷汉，在李四爷的响尺的指挥下，极慢极小心地将那口白辣辣的棺材在大槐树下上了杠。少奶奶披散着头发，穿着件极长的粗布孝袍在棺材前面领魂。她像一个女鬼。金三爷悲痛地，暴躁地，无可如何地，搀着她；红鼻子上挂着一串眼泪。在起杠的时节，他跺了跺两只大脚。一班儿清音，开始奏起简单的音乐。李四爷清脆的嗓子喊起"例行公事"的"加钱"，只喊出半句来。他的响尺不能击错一点，因为它是杠夫的耳目，可是敲得不响亮；他绝对不应当动心，但是动了心。一辆极破的轿车，套着一匹连在棺材后面都显出缓慢的瘦骡子，拉着钱太太。她的眼，干的，放着一点奇异的光，紧钉住棺材的后面；车动，她的头也微动一下。

祁老人，还病病歪歪的，扶着小顺儿，在门内往外看。他不敢出来。小妞子也要出来着，被她的妈扯了回去。瑞宣太太的心眼最

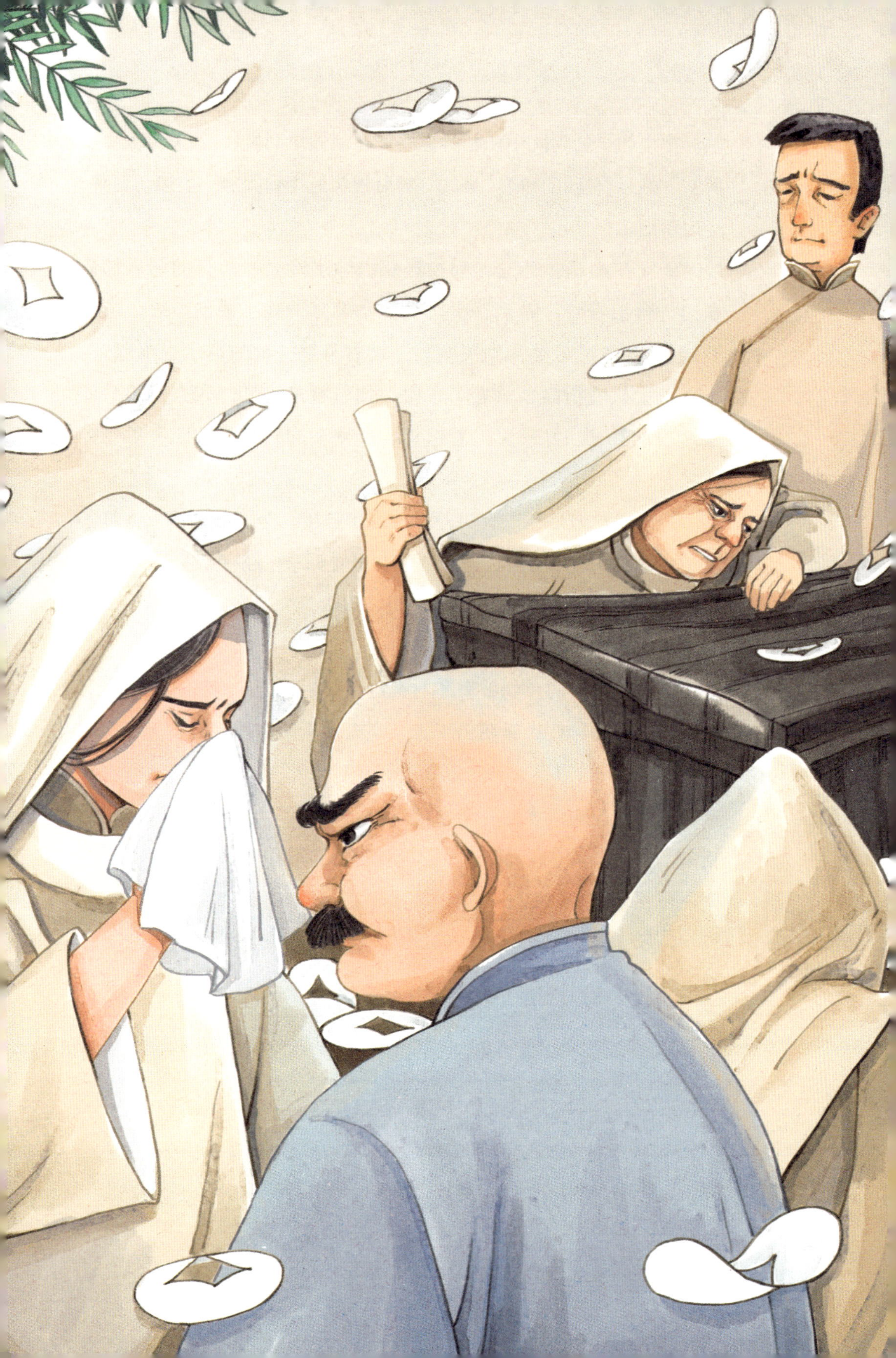

软。把小妞子扯到院中,她听见婆婆在南屋里问她:"钱家今天出殡啊?"她只答应了一声"是!"然后极快地走到厨房,一边切着菜,一边落泪。

瑞宣、小崔、孙七,都去送殡。除了冠家,所有的邻居都立在门外含泪看着。看到钱少奶奶,马老寡妇几乎哭出声来,被长顺搀了回去:"外婆!别哭啊!"劝着外婆,他的鼻子也酸起来。小文太太扒着街门,只看了一眼,便转身进去了。四大妈的责任是给钱家看家。她一直追着棺材,哭到胡同口,才被四大爷叱喝回来。

钱家的坟地是在东直门外。杠到了鼓楼,金三爷替钱太太打了主意,请朋友们不必再远送。瑞宣看了看野求已经有点发青的脸色,决定陪着他"留步"。

小崔和孙七决定送出城去。

野求怪难堪的,到破轿车的旁边,向姐姐告辞。钱太太两眼钉住棺材的后面,好像听明白了,又像没大听明白他的话,只那么偶然似的点了一下头。

瑞宣也想向钱太太打个招呼,但是看她那个神气,他没有说出话来。两个人呆立在马路边上,看着棺材向前移动。

名师赏析

《四世同堂》的主角是老北京的老百姓,这些传统的普通市民没有多高的觉悟,他们身上确实都有各自的种种毛病,可是仔细看起来又都有可爱可敬的地方。从这儿也可以看出老舍在国民性的理解上与众不同的见解。

同是进步作家,很多人对世代被压迫被奴役的百姓们是充满同情的,然而他们往往更多地去注意那些小人物落后、愚昧、自私、麻木的一面，而"哀其不幸，怒其不争"。老舍和很多作家不一样，他的一个十分可贵的特点是，他既不留情面地解剖和批判民众可悲可鄙的恶德，又深情地发现和展示深藏在民众内心的可敬可爱的美德。这大概与他本人的成长经历很有关系。他在社会底层长大，他深深懂得，他的亲朋、邻居、伙伴们的人性中丑和美往往是以各种不同的关系和形态共存的。

仔细地看看《四世同堂》里那些普普通通的百姓吧，请你找到老舍眼中那种感觉。性格各异的人物系列构成一个现代文学中空前壮观的群像，这里面的脚行李四爷夫妇、棚匠刘师傅两口、司机仲石、理发匠孙七、小文夫妇、老农常二爷、放话匣子的程长顺、车夫小崔两口，更有祁老爷子、瑞宣、韵梅、瑞全，等等，他们身上的亮点正是老舍极其珍视的人性的闪光。

十八

  瑞宣和四大妈都感到极度的不安：天已快黑了，送殡的人们还没有回来！四大妈早已把屋中收拾好，只等他们回来，她好家去休息。

  天上有一块桃花色的明霞，把墙根上的几朵红鸡冠照得像发光的血块。瑞宣看看天，看看鸡冠花；天忽然一黑，他觉得好像有块铅铁落在他的心上。他完全失去他的自在与沉稳。他开始对自己嘟囔："莫非城门又关了？还是……"天上已有了星，很小很远，在那还未尽失去蓝色的天上极轻微地眨着眼。"四奶奶！"他轻轻地叫，"回去休息休息吧！累了一天！该歇着啦！"

  "那个老东西！埋完了，还不说早早地回来！坟地上难道还有什么好玩的？老不要脸！"她不肯走。

  忽然，四大妈的声音吓了他一跳："大爷，听！他们回来啦！"说完，她瞎摸合眼地就往外跑，几乎被门坎绊了一跤。

  破轿车的声音停在了门口。金三爷带着怒喊叫："院里还有活人没有？拿个亮儿来！"

瑞宣已走到院中，又跑回屋中去端灯。

灯光一晃，瑞宣看见一群黄土人在闪动，还有一辆黄土盖严了的不动的车，与一匹连尾巴都不摇一摇的，黄色的又像驴又像骡子的牲口。

金三爷还在喊："死鬼们！往下抬她！"

四大爷、孙七、小崔，脸上头发上全是黄土，只有眼睛是一对黑洞儿，像泥鬼似的，全没出声，可全都过来抬人。

瑞宣把灯往前伸了伸，看清抬下来的是钱少奶奶。他欠着脚，从车窗往里看，车里是空的，并没有钱太太。

四大妈揉了揉近视眼，依然看不清楚："怎么啦？怎么啦？"她的手已颤起来。

"拿灯来领路！别在那儿愣着！"金三爷对灯光儿喊。

瑞宣急忙转身，一手掩护着灯罩，慢慢地往门里走。

到了屋中，金三爷一屁股坐在了地上；虽然身体那么硬棒，他可已然筋疲力尽。

李四爷的腰已弯得不能再弯，两只大脚似乎已经找不着了地，可是他还是照常地镇静，婆婆妈妈地处理事："你赶紧去泡白糖姜水！这里没有火，家里弄去！快！"他告诉四大妈。

"怎么啦，四爷爷？"瑞宣问。

李四爷的嗓子里堵了一下。"钱太太碰死在棺材上了！"

"什……"瑞宣把"什"下面的"么"咽了回去。他非常的后悔，没能送殡送到地土；多一个人，说不定也许能手急眼快地救了钱太太。况且，他与野求是注意到她眼中那点"光"的。

这时候，四大妈已把白糖水给少奶奶灌下去，少奶奶哼哼出来。

听见女儿出声，金三爷不再顾脚疼，立了起来。"苦命的丫头！这才要咱们的好看呢！"一边说着，他一边走进里间，去看女儿。

看见女儿，他的暴躁减少了许多，马上打了主意："姑娘，用不着伤心，都有爸爸呢！爸爸缺不了你的吃穿！愿意跟我走，咱们马上回家，好不好？"

瑞宣知道不能放了金三爷，低声地问李四爷："尸首呢？"

"要不是我，简直没办法！庙里能停灵，可不收没有棺材的死尸！我先到东直门关厢赊了个火匣子，然后到莲花庵连说带央告，差不多都给人家磕头了，人家才答应下暂停两天！换棺材不换，和怎样抬埋，马上都得打主意！嘿！我一辈子净帮人家的忙，就没遇见过这么挠头的事！"一向沉稳老练的李四爷现在显出不安与急躁，"四妈！你倒是先给我弄碗水喝呀！我的嗓子眼里都冒了火！"

"我去！我去！"四大妈听丈夫的语声语气都不对，不敢再骂"老东西"。

"咱们可不能放走金三爷！"瑞宣说。

金三爷正从里间往外走。"干吗不放我走？我该谁欠谁的是怎着？我已经发送了一个姑爷，还得再给亲家母打幡儿吗？你们找陈什么球那小子去呀！死的是他的亲姐姐！"

瑞宣纳住了气，惨笑着说："金三伯伯，陈先生刚刚借了我五块钱去，你想想，他能发送得起一个人吗？"

"我要有五块钱，就不借给那小子！"金三爷坐在一条凳子上，一手揉脚，一手擦脸上的黄土。

"嗯——"瑞宣的态度还是很诚恳，好教三爷不再暴躁，"他倒是真穷！这年月，日本人占着咱们的城，做事的人都拿不到薪水，他又有八个孩子，有什么办法呢？得啦，伯伯你作善作到底！干脆地说，没有你就没有办法！"

四大妈提来一大壶开水，给他们一人倒了一碗。四大爷蹲在地上，金三爷坐在板凳上，一齐吸那滚热的水。水的热气好像化开了三爷心里的冰。把水碗放在凳子上，他低下头去落了泪。一会儿，他开始抽搭，老泪把脸上的黄土冲了两道沟儿。然后，用力地捏了捏红鼻子，又唾了一大口白沫子，他抬起头来。"真没想到啊！真没想到！就凭咱们九城八条大街，东单西四鼓楼前，有这么多人，就会干不过小日本，就会教他们治得这么苦！好好的一家人，就这么接二连三地会死光！好啦，祁大爷，你找姓陈的去！钱，我拿；可是得教他知道！明人不能把钱花在暗地里！"

瑞宣，虽然也相当的疲乏，决定去到后门里，找陈先生。四大爷主张教小崔去，瑞宣不肯，一来因为小崔已奔跑了一整天，二来他愿自己先见到陈先生，好教给一套话应付金三爷。

月亮还没上来，门洞里很黑。约摸着是在离门坎不远的地方，瑞宣踩到一条圆的像木棍而不那么硬的东西上。他本能地收住了脚，以为那是一条大蛇。还没等到他反想出北方没有像手臂粗的蛇来，地上已出了声音："打吧！没的说！我没的说！"

瑞宣认出来语声："钱伯伯！钱伯伯！"

地上又不出声了。他弯下腰去，眼睛极用力往地上找，才看清：钱默吟是脸朝下，身在门内，脚在门坎上爬伏着呢。他摸到一条臂，还软和，可是湿漉漉的很凉。他头向里喊："金伯伯！李爷爷！快来！"他的声音的难听，马上惊动了屋里的两位老人。他们很快地跑出来。金三爷嘟囔着："又怎么啦？又怎么啦？狼嚎鬼叫的？"

"快来！抬人！钱伯伯！"瑞宣发急地说。

"谁？亲家？"金三爷撞到瑞宣的身上，"亲家？你回来得好！是时候！"虽然这么叨唠，他可是很快地辨清方位，两手抄起钱先生的腿来。

到屋里，他们把他放在了地上。地上躺着的确是钱先生，可已经不是他们心中所记得的那位诗人了。

钱先生的胖脸上已没有了肉，而只剩了一些松的、无倚无靠的黑皮。长的头发，都粘合到一块儿，像用胶贴在头上的，上面带着泥块与草棍儿。在太阳穴一带,皮已被烫焦,斑斑块块的,像拔过些"火罐子"似的。他闭着眼,而张着口,口中已没有了牙。身上还是那一身单裤褂,已经因颜色太多而辨不清颜色,有的地方撕破,有的地方牢牢地粘在身上,有的地方很硬,像血或什么粘东西凝结在上面似的。赤着脚,满脚是污泥,肿得像两只刚出泥塘的小猪。

他们呆呆地看着他。惊异、怜悯,与愤怒拧绞着他们的心,他们甚至于忘了他是躺在冰凉的地上。李四妈,因为还没大看清楚,倒有了动作;她又泡来一杯白糖水。

四大妈离近了钱先生,看清了他的脸,"啊"了一声,杯子出了手!金三爷凑近了一点,低声而温和地叫:"亲家!亲家!默吟!醒醒!"这温柔恳切的声音,出自他这个野调无腔的人的口中,有一种分外的悲惨,使瑞宣的眼中不由得湿了。

钱先生的嘴动了动,哼出两声来。李四爷忽然地想起动作,他把里间屋里一把破藤子躺椅拉了出来。瑞宣慢慢地往起搬钱先生的身子,金三爷也帮了把手,想把钱先生搋到躺椅上去。钱先生由仰卧改成坐的姿势。他刚一坐起来,金三爷"啊"了一声,其中所含的惊异与恐惧不减于刚才李四妈的那个。钱先生背上的那一部分小褂只剩了两个肩,肩下面只剩了几条,都牢固地镶嵌在血的条痕里。那些血道子,有的是定好了黑的或黄的细长疤痕;有的还鲜红地张着,流着一股黄水;有的并没有破裂,而只是蓝青的肿浮的条子;有的是在黑疤下面扯着一条白的脓。一道布条,一道黑,一道红,一道青,一道白,他的背是一面多日织成的血网!

"亲家!亲家!"金三爷真的动了心。说真的,孟石的死并没使他动心到现在这样的程度,因为他把女儿给了孟石,实在是因为他喜爱默吟。"亲家!这是怎回事哟!日本鬼子把你打成这样?

钱先生睁了睁眼,哼了一声,就又闭上了。

李四妈为赎自己摔了杯子的罪过,又沏来一杯糖水。这回,她没敢亲自去灌，而交给了金三爷。

糖水灌下去，钱先生的腹内响了一阵。没有睁眼，他的没了牙的嘴轻轻地动。瑞宣辨出几个字，而不能把它们联成一气，找出意思来。

"亲家！我，金三！"金三爷蹲在了地上，脸对着亲家公。

"钱伯伯！我，瑞宣！"

钱先生把眼闭了一闭，也许是被灯光晃得，也许是出于平日的习惯。把眼再睁开，还是向前看着，好像是在想一件不易想起的事。

里屋里，李四妈一半劝告，一半责斥地，对钱少奶奶说："不要起来！好孩子，多躺一会儿！不听话，我可就不管你啦！"

钱先生似乎忘了想事，而把眼闭成一道缝，头偏起一点，像偷听话儿似的。听到里间屋的声音，他的脸上有一点点怒意。"啊！"他吧唧了两下唇："又该三号受刑了！挺着点，别嚷！咬上你的唇，咬烂了！"

钱少奶奶到底走了出来，叫了声："爸爸！"

瑞宣以为她的语声与孝衣一定会引起钱先生的注意。可是，钱先生依然没有理会什么。

扶着那把破藤椅，少奶奶有泪无声地哭起来。

钱先生的两手开始用力往地上拄，像要往起立的样子。瑞宣想就劲儿把他搀到椅子上去。可是，钱先生的力气，像狂人似的，忽然大起来。一使劲，他已经蹲起来。他的眼很深很亮，转了几下："想起来了！他姓冠！哈哈！我去教他看看，我还没死！"他再一使力，立了起来。身子摇了两下，他立稳。他看到了瑞宣，但是不认识。他的凹进去的腮动了动，身子向后躲闪："谁？又拉我去上电刑吗？"他的双手很快地捂在太阳穴上。

"钱伯伯！是我！祁瑞宣！这是你家里！"

钱先生的眼像困在笼中的饥虎似的，无可如何地看着瑞宣，依

然辨不清他是谁。

金三爷忽然心生一计："亲家！孟石和亲家母都死啦！"他以为钱先生是血迷了心，也许因为听见最悲惨的事大哭一场，就会清醒过来的。

钱先生没有听懂金三爷的话。右手的手指轻按着脑门，他仿佛又在思索。想了半天，他开始往前迈步——他肿得很厚的脚已不能抬得很高；及至抬起来，他不知道往哪里放它好。这样地走了两步，他仿佛高兴了一点。"忘不了！是呀，怎能忘了呢！我找姓冠的去！"他一边说，一边吃力地往前走，像带着脚镣似的那么缓慢。

因为想不起更好的主意，瑞宣只好相信金三爷的办法。他想，假若钱先生真是血迷了心，而心中只记着到冠家去这一件事，那就不便拦阻。他知道，钱先生若和冠晓荷见了面，一定不能不起些冲突；说不定钱先生也许一头碰过去，与冠晓荷同归于尽！他既不便阻拦，又怕出了凶事；所以很快地他决定了，跟着钱先生去。主意拿定，他过去搀住钱诗人。

"躲开！"钱先生不许搀扶，"躲开！拉我干什么？我自己会走！到行刑场也是一样地走！"

瑞宣只好跟在后面。金三爷看了女儿一眼，迟疑了一下，也跟上来。李四大妈把少奶奶搀了回去。

不知要倒下多少次，钱先生才来到三号的门外。金三爷与瑞宣紧紧地跟着，唯恐他倒下来。

三号的门开着呢。院中的电灯虽不很亮，可是把走道照得相当的清楚。钱先生努力试了几次，还是上不了台阶；他的脚腕已肿得不灵活。瑞宣本想搀他回家去，但是又一想，他觉得钱先生应当进去，给晓荷一点惩戒。金三爷大概也这么想，所以他扶住了亲家，一直扶进大门。

冠氏夫妇正陪着两位客人玩扑克牌。客人是一男一女，看起来很像夫妇，而事实上并非夫妇。男的是个大个子，看样子很像个在军阀时代作过师长或旅长的军人。女的有三十来岁，看样子像个从良的妓女。他们俩的样子正好说明了他们的履历——男的是个小军阀，女的是暂时与他同居的妓女，他一向住在天津，新近才来到北平，据说颇有所活动，说不定也许能作警察局的特高科科长呢。因此，冠氏夫妇请他来吃饭，而且诚恳地请求他带来他的女朋友。饭后，他们玩起牌来。

晓荷的脸正对着屋门。他是第一个看见钱先生的。看见了，他的脸登时没有了血色。把牌放下，他要往起立。

"怎么啦？"大赤包问。没等他回答，她也看见了进来的人。"干什么？"她像叱喝一个叫花子似的问钱先生。她确是以为进来的是个要饭的。及至看清那是钱先生，她也把牌放在了桌上。

"出牌呀！该你啦，老冠！"军人的眼角撩到了进来的人，可是心思还完全注意在赌牌上。

钱先生看着冠晓荷，嘴唇开始轻轻地动，好像是小学生在到老师跟前背书以前先自己暗背一过儿那样。

金三爷紧跟着亲家，立在他的身旁。

瑞宣本想不进屋中去，可是愣了一会儿之后，觉得自己太缺乏勇气。笑了一下，他也轻轻地走进去。

晓荷看见瑞宣，想把手拱起来，搭讪着说句话。但是他的手抬不起来。肯向敌人屈膝的，磕膝盖必定没有什么骨头，他僵在那里。

"这是怎回事呢？"军人见大家愣起来，发了脾气。

瑞宣极想镇定，而心中还有点着急。他盼着钱先生快快地把心中绕住了的主意拿出来，快快地结束了这一场难堪。

钱先生往前凑了一步。自从来到家中，谁也没认清，他现在可认清了冠晓荷。认清了，他的话像背得烂熟的一首诗似的，由心中涌了出来。

"冠晓荷！"他的声音几乎恢复了平日的低柔，他的神气也颇似往常的诚恳温厚。"你不用害怕，我是诗人，不会动武！我来，是为看看你，也叫你看看我！我还没死！日本人很会打人，但是他们打破了我的身体，打断了我的骨头，可打不改我的心！我的心永远是中国人的心！你呢，我请问你，你的心是哪一国的呢？请你回答我！"说到这里，他似乎已经筋疲力尽，身子晃了两晃。

瑞宣赶紧过去，扶住了老人。

晓荷没有任何动作，只不住地舐嘴唇。钱先生的样子与言语丝毫没能打动他的心，他只是怕钱先生扑过来抓住他。

军人说了话："冠太太，这是怎回事？"

大赤包听明白钱先生并不是来动武，而且旁边又有刚敲过她的钱的候补特务处处长助威，她决定拿出点厉害来。"这是成心捣蛋，你们全滚出去！"

金三爷的方头红鼻子一齐发了光，一步，他迈到牌桌前。"谁滚出去？"

晓荷想跑开。金三爷隔着桌子，一探身，老鹰掐膝地揪住他的脖领，手往前一带，又往后一放，连晓荷带椅子一齐翻倒。

"打人吗？"大赤包立起来，眼睛向军人求救。

军人——一个只会为虎作伥的军人——急忙立起来，躲在了一边。妓女像个老鼠似的，藏在他的身后。

"好男不跟女斗！"金三爷要过去抓那个像翻了身的乌龟似的冠晓荷。可是，大赤包以气派的关系，躲晚了一点，金三爷不耐烦，把手一撩，正撩在她的脸上。以他的扔过石锁的手，只这么一撩，已撩活动了她的两个牙，血马上从口中流出来。她抱着腮喊起来："救命啊！救命！"

"出声，我捶死你！"

她捂着脸，不敢再出声，躲在一旁。她很想跑出去，喊巡警。

可是，她知道现在的巡警并不认真地管事。这时节，连她都仿佛感觉到亡了国也有别扭的地方！

军人和女友想跑出去。金三爷怕他们出去调兵，喝了声："别动！"军人很知道服从命令，以立正的姿态站在了屋角。

瑞宣虽不想去劝架，可是怕钱先生再昏过去，所以两手紧握着老人的胳臂，而对金三爷说："算了吧！走吧！"

金三爷很利落，又很安稳地，绕过桌子去："我得管教管教他！放心，我会打人！教他疼，可不会伤了筋骨！"

晓荷这时候手脚乱动地算是把自己由椅子上翻转过来。看逃无可逃，他只好往桌子下面钻。金三爷一把握住他的左脚腕，像拉死狗似的把他拉出来。

晓荷知道北平的武士道的规矩，他"叫"了："爸爸！别打！"

金三爷没了办法。"叫"了，就不能再打。捏了捏红鼻子头，他无可如何地说："便宜你小子这次！哼！"说完，他挺了挺腰板，蹲下去，把钱先生背了起来；向瑞宣一点头："走！"走出屋门，他立住了，向屋中说，"我叫金三，住在蒋养房，什么时候找我来，清茶恭候！"

十九

钱先生慢慢地好起来。日夜里虽然还是睡的时间比醒的时间多,可是他已经能知道饥渴,而且吃得相当的多了。瑞宣偷偷地把皮袍子送到典当铺去,给病人买了几只母鸡,专为熬汤喝。他不晓得到冬天能否把皮袍赎出来,但是为了钱先生的恢复康健,就是冬天没有皮袍穿,他也甘心乐意。

钱少奶奶,脸上虽还是青白的,可是坚决地拒绝了李四大妈的照应,而挣扎着起来服侍公公。

金三爷,反正天天要出来坐茶馆,所以一早一晚的必来看看女儿与亲家。钱先生虽然会吃会喝了,可是还不大认识人。所以,金三爷每次来到,不管亲家是睡着还是醒着,总先到病榻前点一点他的四方脑袋,而并不希望和亲家谈谈心,说几句话儿。

对女儿,他也没有多少话可讲。他以为守寡就是守寡,正像卖房的就是卖房一样的实际,用不着格外的痛心与啼哭。约摸着她手中没了钱,他才把两三块钱放在亲家的床上,高声地仿佛对全世界广播似的告诉姑娘："钱放在床上啦！"

当他进来或出去的时候，他必在大门外稍立一会儿，表示他不怕遇见冠家的人。假若遇不见他们，他也要高声地咳嗽一两声，示一示威。不久，全胡同里的小儿都学会了他的假嗽，而常常地在冠先生的身后演习。

冠先生并不因此而不敢出门。他自有打算，沉得住气。"小兔崽子们！"他暗中咒骂，"等着你们冠爷爷的，我一旦得了手，要不像抹臭虫似的把你们都抹死才怪！"他的奔走，在这些日子，比以前更加活跃了许多。最近，因为勤于奔走的缘故，他已摸清了一点政局的来龙去脉。由一位比他高明着许多倍的小政客口中，他听到："要谋大官，你非直接向日本军官手里去找不可。维持会不会有很长的寿命。到市政府找事呢，你须走天津帮的路线。新民会较比容易进去，因为它是天字第一号的顺民，不和日本军人要什么——除了一碗饭与几个钱——而紧跟着日本兵的枪口去招抚更多的顺民，所以日本军人愿意多收容些这样的人。只要你有一技之长，会办报，会演戏，会唱歌，会画图，或者甚至于会说相声，都可以作为进身的资格。"

他想应当往新民会走。他并没细打听新民会到底都做些什么，而只觉得自己有作头等顺民的资格与把握。至不济，他还会唱几句二黄，一两折奉天大鼓（和桐芳学的），和几句相声！况且，他还作过县长与局长呢！他开始向这条路子进行。奔走了几天，毫无眉目，可是他不单不灰心，反倒以为"心到神知"，必能有成功的那一天。无事乱飞是苍蝇的工作，而乱飞是早晚会碰到一只死老鼠或一堆牛粪的。冠先生是个很体面的苍蝇。

这时候，西长安街新民报社楼上升起使全城的人都能一抬头便看见的大白气球，球下面扯着大旗，旗上的大字是"庆祝保定陷落"！

新民会抓到表功的机会。即使日本人要冷静，新民会的头等顺民也不肯不去铺张。

他们决定为自庆亡国举行大游行。什么团体都不易推动与召集，他们看准了学生——决定利用全城的中学生和小学生来使游行成功。

瑞丰喜欢热闹。在平日，亲友家的喜事，他自然非去凑热闹不可了；就是丧事，他也还是"争先恐后"地去吃，去看，去消遣。对于庆祝亡国，真的，连他也感到点不大好意思。可是及至他看到街上铺户的五色旗，电车上的松枝与彩绸，和人力车上的小纸旗，他的心被那些五光十色给吸住，而觉得国家的丧事也不过是家庭丧事的扩大，只要客观一点，也还是可以悦心与热闹耳目的。他很兴奋。无论如何，他须看看这个热闹。

同时，在他的同事中有位姓蓝名旭字紫阳的，赏给了他一个笑脸和两句好话——"老祁，大游行你可得多帮忙啊！"他就更非特别卖点力气不可了。他佩服蓝紫阳的程度是不减于他佩服冠晓荷的。

紫阳先生是教务主任兼国文教员，在学校中的势力几乎比校长的还大。但是，他并不以此为荣。他的最大的荣耀是他会写杂文和新诗。他喜欢被称为文艺家。他的杂文和新诗都和他的身量与模样具有同一的风格：他的身量很矮，脸很瘦，鼻子向左歪着，而右眼向右上方吊着；这样的左右开弓，他好像老要把自己的脸扯碎了似的；他的诗文也永远写得很短，像他的身量；在短短的几行中，他善用好几个"然而"与"但是"，扯乱了他的思想而使别人莫测高深，像他的眉眼。他的诗文，在寄出去以后，总是不久或好久而被人家退还，他只好降格相从地在学校的壁报上发表。在壁报上发表了以后，他恳切地嘱咐学生们，要拿它们当作模范文读。

他已经三十二岁，还没有结婚。他的脸与诗文一样地不招女人喜爱，所以他因为接近不了女人而也恨女人。看见别人和女性一块走，他马上想起一些最脏最丑的情景，去写几句他自己以为最毒辣而其实是不通的诗或文，发泄他心中的怨气。他的诗文似乎是专为骂人的，而自以为他最富正义感。

他的口很臭，因为身子虚，肝火旺，而又不大喜欢刷牙。他的话更臭，无论在他所谓的文章里还是在嘴中，永远不惜血口喷人。因此，学校里的同事们都不愿招惹他，而他就变本加厉的猖狂，渐渐地成了学校中的一霸。他们敷衍他，他就成了英雄。

日本人进了城，蓝先生把"紫阳"改为"东阳"，开始向敌人或汉奸办的报纸投稿。这些报纸正缺乏稿子，而蓝先生的诗文，虽然不通，又恰好都是攻击那些逃出北平，到前线或后方找工作的作家们，所以"东阳"这个笔名几乎天天像两颗小黑痣似的在报屁股上发现。他恨那些作家，现在他可以肆意地诟骂他们了，因为他们已经都离开了北平。

他入了新民会。

这两天，他正忙着筹备庆祝大会，并赶制宣传的文字。在他的文字里，他并不提中日的战争与国家大事，而只三言五语地讽刺他所嫉恨的作家们："作家们，保定陷落了，你们在哪里呢？你们又在上海滩上去喝咖啡与跳舞吧？"这样的短文不十分难写，忙了一个早半天，他就能写成四五十段；冠以总题："匕首文"。对庆祝大会的筹备，可并不这么容易。他只能把希望放在他的同事与学生们身上。他通知了全体教职员与全体学生，并且说了许多恫吓的话，可是还不十分放心。于是，他抓到了瑞丰。

"老祁！"他费了许多力气才把眉眼调动得有点笑意，"他们要都不去的话，咱们俩去！我作正领队——不，总司令，你作副司令！"

瑞丰的小干脸上发了光。他既爱看热闹，又喜欢这个副司令的头衔。"我一定帮忙！不过，学生们要是不听话呢？"

"那简单得很！"东阳的鼻眼又向相反的方向扯开，"谁不去，开除谁！简单得很！"

二十

在冠家的历史中，曾经有过一个时期，大赤包与尤桐芳联合起来反抗冠晓荷。六号住的文若霞，小文的太太，是促成冠家两位太太合作的"祸首"。

小文是中华民国元年元月元日降生在一座有花园亭榭的大宅子中的。在幼年时期，他的每一秒钟都是用许多金子换来的。在他的无数的玩具中，一两一个的小金锭与整块翡翠琢成的小壶都并不算怎样的稀奇。假若他早生三二十年，他一定会承袭上一等侯爵，而坐着八人大轿去见皇帝的。他有多少对美丽的家鸽，每天按着固定的时间，像一片流动的霞似的在青天上飞舞。他有多少对能用自己的长尾包到自己的头的金鱼，在年深苔厚的缸中舞动。他有多少罐儿入谱的蟋蟀，每逢竞斗一次，就须过手多少块白花花的洋钱。他有在冬天还会振翅鸣叫的，和翡翠一般绿的蝈蝈，用雕刻得极玲珑细致的小葫芦装着，揣在他的怀里；葫芦的盖子上镶着宝石……他吃、喝、玩、笑，像一位太子那么舒适，而无须乎受太子所必须受的拘束。在吃、喝、玩、笑之外，他也常常生病；在金子里生活着有时候是不大健康的。不过，一生病，他便可以得到更多的怜爱，糟蹋更多的钱，而把病痛变成一种也颇有意思的消遣；贵人的卧病往往是比穷人的健壮更可羡慕的。他极聪明，除了因与书籍不十分接近而识字不多外，对什么游戏玩耍他都一看就成了专家。在八岁的时候，他已会唱好几出整本的老生戏，而且腔调韵味极像谭叫天的。在十岁上，他已经会弹琵琶，拉胡琴——胡琴拉得特别的好。

文侯爷的亭台阁榭与金鱼白鸽，在他十三四岁的时候，也随着那些王公的府邸变成了换米面的东西。他并没感到怎样的难过，而只觉得生活上有些不方便。那些值钱的东西本来不是他自己买来的，所以他并不恋恋不舍地，含着泪地，把它们卖出去。他不知道那些物件该值多少钱，也不晓得米面卖多少钱一斤；他只感到那些东西能换来米面便很好玩。经过多少次好玩，他发现了自己身边只剩下了一把胡琴。

他的太太，文若霞，是家中早就给他定下的。她的家庭没有他的那么大，也没有那么阔绰，可是也忽然地衰落，和他落在同一的情形上。他与她什么也没有了，可是在十八岁上他们俩有了个须由他们自己从一棵葱买到一张桌子的小家庭。他们为什么生在那用金子堆起来的家庭，是个谜；他们为什么忽然变成连一块瓦都没有了的人，是个梦；他们只知道他们小两口都像花一样的美，只要有个屋顶替他们遮住雨露，他们便会像一对春天的小鸟那么快活。在他们心中，他们都不晓得什么叫国事，与世界上一共有几大洲。他们没有留恋过去的伤感，也没有顾虑明天的忧惧，他们今天有了饭便把握住了今天的生活；吃完饭，他们会低声地歌唱。他们的歌唱慢慢地也能供给他们一些米面，于是他们就无忧无虑地，天造地设地，用歌唱去维持生活。他们经历了历史的极大的变动，而像婴儿那么无知无识地活着；他们的天真给他们带来最大的幸福。

小文——现在，连他自己似乎也忘了他应当被称为侯爷——在结婚之后，身体反倒好了一点，虽然还很瘦，可是并不再三天两头儿地闹病了。矮个子，小四方脸，两道很长很细的眉，一对很知道好歹的眼睛，他有个令人喜爱的清秀模样与神气。在他到票房和走堂会去的时候，他总穿起相当漂亮的衣裳，可是一点也不显着匪气。平时，他的衣服很不讲究，不但使人看不出他是侯爷，而且也看不出他是票友。无论他是打扮着，还是随便地穿着旧衣裳，他的风度是一致的：他没有骄气，也不自卑，而老是那么从容不迫地，自自然然地，眼睛平视，走着他的不紧不慢的步子。对任何人，他都很客气；同时，他可是决不轻易去巴结人。在街坊四邻遇到困难，而求他帮忙的时候，他决不摇头，而是手底下有什么便拿出什么来。因此，邻居们即使看不起他的职业，可还都相当地尊敬他的为人。

在样子上，文若霞比她的丈夫更瘦弱一点。可是，在精力上，她实在比他强着好多。她是本胡同中的林黛玉。长脸蛋，长脖儿，身量不高，而且微有一点水蛇腰，看起来，她的确有些像林黛玉。她的皮肤很细很白，眉眼也很清秀。她走道儿很慢，而且老低着头，像怕踩死一个虫儿似的。当她这么羞怯怯地低头缓步的时候，没人能相信她能登台唱戏。可是，在她登台的时候，她的眉画得很长很黑，她的眼底下染上蓝晕，在台口一扬脸便博个满堂好儿；她的眉眼本来清秀，到了台上便又添上英竦。她的长脸蛋揉上胭脂，淡淡的，极匀润的，从腮上直到眼角，像两片有光的浅粉的桃瓣。她"有"脖子。她的水蛇腰恰好能使她能伸能缩，能软能硬。她走得极稳，用轻移缓进控制着锣鼓。在必要时，她也会疾走；不是走，而是在台上飞。她能唱青衣，但是拿手的是花旦；她的嗓不很大，可是甜蜜，带着膛音儿。

论唱，论做，论扮相，她都有下海的资格。可是，她宁愿意作拿黑杵的票友，而不敢去搭班儿。

她唱，小文给她拉琴。他的胡琴没有一个花招儿，而托腔托得极严。假若内行们对若霞的唱作还有所指摘，他们可是一致地佩服他的胡琴。有他，她的不很大的嗓子就可以毫不费力地得到预期的彩声。在维持生活上，小文的收入比她的多，因为他既无须乎像她那么置备行头和头面，而且经常地有人来找他给托戏。

在他们小夫妇初迁来的时候，胡同里的青年们的头上都多加了些生发油——买不起油的也多抿上一点水。他们有事无事地都多在胡同里走两趟，希望看到"她"。她并不常出来。就是出来，她也老那么低着头，使他们无法接近。住过几个月，他们大家开始明白这小夫妇的为人，也就停止了给头发上加油。大家还感到她的秀美，可是不再怀着什么恶意了。

为她而出来次数最多的是冠晓荷。他不只在胡同里遇见过她，而且看过她的戏。

在胡同中与大街上，他遇上若霞几次。他靠近她走，他娇声地咳嗽，他飞过去几个媚眼，都没有效果。他改了主意。拿着点简单的礼物，他直接地去拜访新街坊了。

小文夫妇住的是两间东房，外间是客厅，内间是卧室；卧室的门上挂着张很干净的白布帘子。客厅里除了一张茶几、两三个小凳之外，差不多没有什么东西。墙上的银花纸已有好几张脱落下来的。墙角上放着两三根藤子棍。这末一项东西说明了屋中为什么这样简单——便于练武把子。

小文陪着冠先生在客厅内闲扯。冠先生懂得"一点"二黄戏，将将够在交际场中用的那么一点。他决定和小文谈戏。敢在专家面前拿出自己的一知半解的人不是皇帝，便是比皇帝也许更胡涂的傻蛋。冠先生不傻。他是没皮没脸。

"你看，是高庆奎好，还是马连良好呢？"冠先生问。

小文极自然地反问："你看呢？"

小文的态度是那么自然，使冠晓荷绝不会怀疑他是有意地不回答问题，或是故意地要考验考验客人的知识。不，没人会怀疑他。他是那么自然，天真。他是贵族。在幼年时，他有意无意地学会这种既不忙着发表意见，而还能以极天真自然的态度使人不至于因他的滑头而起反感。

冠晓荷不知道怎样回答好了。对那两位名伶，他并不知道长在哪里，短在何处。"嗯——"他微一皱眉，"恐怕还是高庆奎好一点！"唯恐说错，赶紧又补上："一点——点！"

小文没有摇头，也没有点头。他干脆地把这一页揭过去，而另提出问题。假若他摇头，也许使冠先生心中不悦；假若点头，自己又不大甘心。所以，他硬把问题摆在当地，而去另谈别的。幼年时，他的侯府便是一个小的社会；在那里，他见过那每一条皱纹都是用博得"天颜有喜"的狡猾与聪明铸成的大人物——男的和女的。见识多了，他自然地学会几招。脸上一点没露出来，他的心中可实在没看起冠先生。

又谈了一会儿，小文见客人的眼不住地看那个白布门帘，他叫了声："若霞！冠先生来啦！"倒好像冠先生是多年的老友似的。

冠先生的眼盯在了布帘上，心中不由得突突乱跳。

很慢很慢地，若霞把帘子掀起，而后像在戏台上似的，一闪身出了场。她穿着件蓝布半大的褂子，一双白缎子鞋；脸上只淡淡地拍了一点粉。从帘内一闪出来，她的脸就正对着客人，她的眼极大方地天真地看着他。她的随便的装束教她好像比在舞台上矮小了好多，她的脸上不似在舞台上那么艳丽，可是肉皮的细润与眉眼的自然教她更年轻一些，更可爱一些。可是，她的声音好像是为她示威。一种很结实，很清楚，教无论什么人都能听明白这是一个大方的，见过世面的，好听而不好招惹的声音。这个声音给她的小长脸上忽然地增加了十岁。

"冠先生，请坐！"

冠先生还没有站好，便又坐下了。他的心里很乱。她真好看，可是他不敢多看。她的语音儿好听，可是他不愿多听——那语声不但不像在舞台上那么迷人，反而带着点令人清醒的冷气儿。

他扯什么，他们夫妇俩就随着扯什么。但是，无论扯什么，他们俩的言语与神气都老有个一定的限度。他们自己不越这个限度，也不容冠晓荷越过去。他最长于装疯卖傻的"急进"。想当初，他第一次约尤桐芳吃饭的时候，便假装疯魔地吻了她的嘴。今天，他施展不开这套本事。

来看小文夫妇的人相当的多。有的是来约帮忙，有的是来给若霞说戏，或来跟她学戏，有的是来和小文学琴，有的……这些人中有男有女，有老有少，他们都像是毫无用处的人，可是社会要打算成个社会，又非有他们不可。他们有一种没有用处的用处。他们似乎都晓得这一点，所以他们只在进来的时候微向冠先生一点头，表示出他们自己的尊傲。到临走的时候，他们都会说一声"再见"或"您坐着"，而并没有更亲密的表示。冠先生一直坐了四个钟头。他们说戏，练武把，或是学琴，绝对不因他在那里而感到不方便。他们既像极坦然，又像没把冠先生放在眼里。他们说唱便唱，说比画刀枪架儿便抄起墙角立着的藤子棍儿。他们在学本事或吊嗓子之外，也有说有笑。他们所说的事情与人物，十之八九是冠先生不知道的。他们另有个社会。他们口中也带着脏字，可是这些字用得都恰当，因恰当而健康。他们的行动并没有像冠先生所想象的那么卑贱、随便，与乱七八糟！

他觉得大家对他太冷淡。他几次想告辞而又不忍得走。又坐了会儿，他决定不仅呆呆地坐在那里，而要参加他们的活动。在一个适当的机会，他向小文说，他也会哼哼两句二黄。他的意思是教小文给他拉琴。小文又没点头，也没摇头，而把冠先生的请求撂在了一旁。冠先生虽然没皮没脸,也不能不觉得发僵。他又想告辞。

正在这时候,因为屋里人太多了,小文把白布帘折卷起来。冠晓荷的眼花了一下。

里间的顶棚与墙壁是新糊的四白落地,像洞房似的那么干净温暖。床是钢丝的。不多的几件木器都是红木的。墙上挂着四五个名伶监制的泥花脸,一张谭叫天的戏装照片,和一张相当值钱的山水画。在小文夫妇到须睡木板与草垫子的时候,他们并不因没有钢丝床而啼哭。可是,一旦手中有了钱,他们认识什么是舒服的、文雅的;他们自幼就认识钢丝床、红木桌椅,与名贵的字画。

冠晓荷看愣了。这间卧室比他自己的既更阔气,又文雅。最初,他立在屋门口往里看。过了一会儿,假装为细看那张山水画,而在屋中巡阅了一遭。巡阅完,他坐在了床沿上,细看枕头上的绣花。他又坐了一个钟头。在这最后的六十分钟里,他有了新的发现。他以为文若霞必定兼营副业,否则怎能置备得起这样的桌椅摆设呢?他决定要在这张床上躺那么几次!

第二天,他很早地就来报到。小文夫妇没有热烈地欢迎他,也没有故意地冷淡他,还是那么不即不离的,和昨天差不多。到快吃饭的时候,他约他们去吃个小馆,他们恰巧因有堂会不能相陪。

第三天,冠先生来得更早。小文夫妇还是那样不卑不亢地待他。他不能否认事情并没什么发展,可是正因为如此,他才更不能放松一步。在这里,即使大家都没话可说,相对着发愣,他也感到舒服。

在这三五天之内,大赤包已经与尤桐芳联了盟。大赤包的娘家很有钱。在当初,假若不是她家中的银钱时常在冠晓荷的心中一闪一闪地发光,他绝不会跟她结婚;在结婚之前,她的脸上就有那么多的雀斑。结婚之后,大赤包很爱冠晓荷——他的确是个可爱的风流少年。同时,她也很害怕,她感觉到他并没把风流不折不扣地都拿了出来给她——假若他是给另一个妇人保存着可怎么好呢!因此,她的耳目给冠晓荷撒下了天罗地网。在他老老实实地随在她身后的时候，她知道怎样怜爱他、打扮他、服侍他，好像一个老姐姐心疼小弟弟那样。赶到她看出来，或是猜想到，他有冲出天罗地网的企图，她会毫不留情地管教他，像继母打儿子那么下狠手。

可惜，她始终没给冠家生个男娃娃。无论她怎样厉害，她没法子很响亮地告诉世界上：没有儿子是应当的呀！所有的妇科医院，她都去访问过；所有的司管生娃娃的神仙，她都去烧过香；可是她拦不住冠晓荷要娶小——他的宗旨非常的光明正大，为生儿子接续香烟！她翻滚地闹，整桶地流泪，一会儿声言自杀，一会儿又过来哀求……把方法用尽，她并没能拦住他娶了尤桐芳。

在做这件事上，冠晓荷表现了相当的胆气与聪明。三天的工夫，他把一切都办好；给朋友们摆上了酒席，他告诉他们他是为要儿子而娶姨太太。他在南城租了一间小北屋，作为第二洞房。

大赤包在洞房中人还未睡熟，便带领着人马来偷营劫寨。洞房里没有多少东西，但所有的那一点，都被打得粉碎。她给尤桐芳个下马威。然后，她雇了辆汽车，把桐芳与晓荷押解回家。她没法否认桐芳的存在，但是她须教桐芳在她的眼皮底下作小老婆。假若可能，她会把小老婆折磨死！

幸而桐芳建稳了阵地，对大赤包的每一进攻都予以有力的还击。这样，大赤包与尤桐芳虽然有机会就吵，可是暗中彼此伸了大指，而桐芳的生命与生活都相当地有了保障。

冠晓荷天天往文家跑，使大赤包与尤桐芳两位仇敌变成了盟友。大赤包决定不容丈夫再弄一个野娘们来。桐芳呢，既没能给晓荷生儿子，而年岁又一天比一天大起来；假若晓荷真的再来一份儿外家，她的前途便十分暗淡了。她们俩联了盟。桐芳决定不出一声，而请大赤包作全权代表。

大赤包一张口就说到了家：

"晓荷！请你不要再到六号去！你要非去不可呢，我和桐芳已商量好，会打折你的腿。把你打残废了，我们俩情愿养活着你，伺候着你！"

晓荷想辩驳几句，说他到文家去不过是为学几句戏，并无他意。大赤包不准他开口。

"现在，你的腿还好好的，愿意去，只管去！不过，去过以后，你的腿……我说到哪里，做到哪里！"她的语声相当的低细，可是脸煞白煞白的，十足地表明出可以马上去杀人的决心与胆气。

晓荷本想斗一斗她，可是几次要抬腿出去，都想到太太的满脸煞气，而把腿收回来。

桐芳拜访了若霞一次。她想：她自己的，与文若霞的，身分，可以说是不分上下。那么，她就可以利用这个职业相同的关系——一个唱鼓书的与一个女票友——说几句坦白而发生作用的话。

桐芳相当痛苦地把话都说了。若霞没有什么表示，而只淡淡地说了句："他来，我没法撵出他去；他不来，我永远不会下帖请他去。"说完，她很可爱地笑了一小声。

桐芳不甚满意若霞的回答。她原想，若霞会痛痛快快地一口答应下不准冠晓荷再进来的。若霞既没这样的坚决的表示，桐芳反倒以为若霞真和晓荷有点感情了。她没敢登时对若霞发作，可是回到家中，她决定与大赤包轮流在大门洞内站岗，监视晓荷的出入。

晓荷没法逃出监视哨的眼睛。他只好留神打听若霞在何时何地清唱或彩唱，好去捧场，并且希望能到后台去看她，约她吃回饭什么的。他看到了她的戏，可是她并没从戏台上向他递个眼神。他到后台约她，也不知道怎么一转动，她已不见了！

不久，这点只为"心到神知"的秘密工作，又被大赤包她们看破。于是，冠先生刚刚地在戏院中坐下，两位太太也紧跟着坐下；冠先生刚刚拼着命喊了一声好，欢迎若霞出场，不知道他的两只耳

朵怎么就一齐被揪住，也说不清是谁把他脚不擦地地拖出戏院外。胡里胡涂地走了好几十步，他才看清，他是作了两位太太的俘虏。

从这以后，晓荷虽然还不死心，可是表面上服从了太太的话，连向六号看一看都不敢了。

在日本兵入了城以后，他很"关切"小文夫妇。不错，小文夫妇屋中摆着的是红木桌椅，可是戏园与清唱的地方都关起门来，而又绝对不会有堂会，他们大概就得马上挨饿！他很想给他们送过一点米或几块钱去。可是，偷偷地去吧，必惹起口舌；向太太说明吧，她一定不会相信他还能有什么"好"意。他越关切文家，就越可怜自己在家庭中竟自这样失去信用与尊严！

现在，他注意到了新民会，也打听明白庆祝保定陷落的大游行是由新民会主持，和新民会已去发动各行各会参加游行。所谓各会者，就是民众团体的，到金顶妙峰山或南顶娘娘庙等香火大会去朝香献技的开路、狮子、五虎棍、耍花坛、杠箱官儿①、秧歌等等单位。近些年来，因民生的凋敝、迷信的破除，与娱乐习尚的改变，这些"会"好像已要在北京城内绝迹了。

新民会想起它们来，一来因为这种会都是各行业组织起来的；那么，有了它们就差不多是有了民意；二来因为这不是田径赛或搏击那些西洋玩艺，而是地道的中国东西，必能取悦于想以中国办法灭亡中国的日本人。

冠晓荷这次的到六号去是取得了太太的同意的。他是去找棚匠刘师傅。耍太狮少狮是棚匠们的业余的技艺。当几档子"会"在一路走的时候，遇见桥梁，太狮少狮便须表演"吸水"等极危险，最见功夫的玩艺。只有登梯爬高惯了的棚匠，才能练狮子。刘师傅是

---

① 杠箱官儿，旧时一种民俗文化活动。有人抬着箱子，箱子上坐着官员打扮的"杠箱官儿"，各自展示自己的功夫。

耍狮子的名手。

冠晓荷不是替别人来约刘师傅去献技，而是打算由他自己"送给"新民会一两档儿玩艺。不管新民会发动得怎样，只要他能送上一两组人去，就必能引起会中对他的注意。他已和一位新闻记者接洽好，替他做点宣传。

刚到六号的门外，他的心已有点发跳。进到院中，他愿像一枝火箭似的射入东屋去。可是，他用力刹住心里的闸，而把脚走向北小屋去。

"刘师傅在家？"他轻轻地问了声。

刘师傅的身量并不高，可是因为浑身到处都有力气，所以显着个子很大似的。他已快四十岁，脸上可还没有什么皱纹。脸色相当的黑，所以白眼珠与一口很整齐的牙就显着特别的白。

听见屋外有人叫，他像一条豹子那么矫健轻快地迎出来。及至看清楚，门外站着的是冠晓荷，他的那点笑容突然收回去，脸上立刻显着很黑很硬了。

"噢，冠先生！"他在阶下挡住客人，表示出有话当面讲来，不必到屋中去。

见刘师傅的神气不对了，冠先生才想起来：他今天是来约请人家帮忙的，似乎不该太不客气了。他笑了一下，表示并不恼刘师傅的没有礼貌。然后，很甜蜜地叫了声"刘师傅"，音调颇像戏台上小旦的。"我求你帮点忙！"

"说吧，冠先生！"

"刘师傅，你知道，"冠先生又向四外看了一眼，把声音放得很低，"保定……不是要大游行吗？"

"噢！"刘师傅忽然笑了，笑得很不好看，"你是来约我耍狮子去？"

"小点声！"冠先生开始有点急切，"你怎么猜着的？"

"他们已经来约过我啦!"

"谁?"

"什么民会呀!"

"啾!"

"我告诉了他们,我不能给日本人耍!我的老家在保定,祖坟在保定!我不能庆祝保定陷落!"

"就是我爸爸来叫我,我也不能去给日本人耍狮子!"说完,刘师傅拉开屋门,很高傲、威严地走进去。

名师赏析

老舍是旗人,虽然他很多年都不敢公开自己的旗人身份,但是他自小就有很浓重的旗人情结。他的很多作品里都透着旗人味。

《四世同堂》里的一个亮点就是写的旗人,而且是贵族。小文是准侯爷。小文夫妇那种贵族加上败落的"范儿",那种身居底层又保持自尊的气度,写得恰到好处。他们俩堕入贫困却超然物外,从容淡定,活在他们着迷的艺术里。

冠晓荷迷上了小文太太,动了多少歪脑筋,都在不卑不亢的墙上碰了壁。而小文夫妇跟围着他们学戏的老百姓可是相处得水乳交融。

老舍想写旗人,却偏偏写了一对贵族夫妇,这值得玩味。此时的老舍不管阶级出身,只看道德人品,所以才有了小文夫妇这一对极其成功的形象。

二十一

今天，北平可是——也许是第一次吧——看见了严肃的、悲哀的、含泪的，大游行。

新民会的势力还小，办事的人也还不多，他们没能发动北平的各界都来参加。参加游行的几乎都是学生。

学生，不管他们学了什么，不管他们怎样会服从，不管他们怎么幼稚、年轻，他们知道个前人所不知道的"国家"。低着头，含着泪，把小的纸旗倒提着，他们排着队，像送父母的丧似的，由各处向天安门进行。假若日本人也有点幽默感，他们必会咂摸出一点讽刺的味道，而申斥新民会——为什么单教学生们来做无声的庆祝呢？

瑞宣接到学校的通知，细细地看过，细细地撕碎，他准备辞职。

瑞丰没等大哥起来，便已梳洗完毕，走出家门。一方面，他愿早早地到学校里，好多帮蓝东阳的忙；另一方面，他似乎也有点故意躲避着大哥的意思。

他冒着汗从箱子底上把那套中山装找出来，大胆地穿上。他想：

领队的必须穿短装，恐怕连日本人也能看清他之穿中山装是只为了"装"，而绝对与革命无关。假若日本人能这样原谅了中山装，他便是中山装的功臣，而又有一片牛好向朋友们吹了。

穿着中山装，他走到了葫芦肚的那片空地。他开始喊嗓子：立——正，齐步——走……他不知道今天是否由他喊口令，可是有备无患，他须喊一喊试试。他的嗓音很尖很干，连他自己都觉得不甚好听。可是他并不灰心，还用力地喊叫；只要努力，没有不成的事，他对自己说。

到了学校，东阳先生还没起来。

学生也还没有一个。

瑞丰，在这所几乎是空的学校里，感到有点不大得劲儿。他爱热闹，可是这里极安静；他要表演表演他的口令，露一露中山装，可是等了半天，还不见一个人。他开始怀疑自己的举动——答应领队，和穿中山装——是否聪明。直到此刻，他才想到，这是为日本人办事，而日本人，据说，是不大好伺候的。哼，带着学生去见日本人！学生若是一群小猴，日本人至少也是老虎呀！这样一想，他开始害了怕；他打算乘蓝东阳还没有起来，就赶紧回家，脱了中山装，还藏在箱子底儿上。不知怎的，他今天忽然这样怕起日本人来；好像是直觉地，他感到日本人是最可怕的，最不讲情理的，又像人，又像走兽的东西。他永远不和现实为敌。亡国就是亡国，他须在亡了国的时候设法去吃、喝、玩，与看热闹。自从日本人一进城，他便承认了日本是征服者。他觉得只要一这样地承认，他便可以和日本人和和气气地住在一处——凭他的聪明，他或者还能占日本人一点小便宜呢！奇怪，今天他忽然怕起日本人来。假若不幸（他闭上眼乱想），在学生都到了天安门的时候，而日本人开了机关枪呢？像一滴冰水落在脊背上那样，他颤抖了一下。他，为了吃喝玩乐，真愿投降给日本人；可是，连他也忽然地怕起来。

学生，慢慢地，三三两两地来到。瑞丰开始放弃了胡思乱想；只要有人在他眼前转动，他便能因不寂寞而感到安全。

学生们对他都很冷淡。起初，他还以为这是平日与他们少联络的关系；及至学生差不多都来齐，而每个人脸上都是那么忧郁，不快活，他才又感到点不安。他还是没想到学生是为庆祝保定陷落而羞愧，沉默；他又想起那个"万一学生都到了天安门，而日本人开了机关枪呢？"他感到事情有些不妙。大家不笑不闹，他便觉得要有什么祸事发生。

他找了蓝先生去。蓝先生刚醒，而还没有起床的决心；闭着眼，享受着第一支香烟。看到了烟，瑞丰才敢问："醒啦？蓝先生！"

蓝先生最讨厌人家扰他的早睡和早上吸第一支烟时的小盹儿。他没出声，虽然听清楚了瑞丰的话。

瑞丰又试着说了声："学生们都到得差不多了。"

蓝东阳发了怒："到齐了就走吧，紧着吵我干吗呢？"

"校长没来，先生只来了一位，怎能走呢？"

"不走就不走！"蓝先生狠命地吸了一口烟，把烟头摔在地上，把脑袋又钻到被子里面去。

瑞丰愣在了那里。

正在瑞丰这么迟疑不决的当儿，蓝先生的头又从那张永远没有拆洗过的被子里钻了出来。为赶走困倦，他那一向会扯动的鼻眼像都长了腿儿似的，在满脸上乱跑，看着很可笑，又很可怕。鼻眼扯动了一大阵，他忽然地下了床。他用不着穿袜子什么的，因为都穿着呢；他的睡衣也就是"醒衣"。他的服装，白天与夜间的不同只在大衫与被子上；白天不盖被，夜间不穿大衫，其余的都昼夜不分。

下了床，他披上了长袍，又点上一支烟。香烟点好，他感觉得生活恰好与昨晚就寝时联接到一块——吸着烟就寝，吸着烟起床，中间并无空隙，所以用不着刷牙漱口洗脸等等麻烦。

没有和瑞丰做任何的商议，蓝先生发了话："集合！"

"这么早就出发吗？"瑞丰问。

"早一点晚一点有什么关系呢！有诗感的那一秒钟便是永生，没有诗的世纪等于零！"东阳得意地背诵着由杂志上拾来的话。

"点名不点？"

"当然点名！我好惩办那偷懒不来的！"

"要打校旗？"

"当然！"

"谁喊口令？"

"当然是你了！你想起什么，做就是了！不必一一地问！"东阳的脾气，在吃早点以前，是特别坏的。

"不等一等校长？"

"等他干吗？"东阳右眼的黑眼珠猛地向上一吊，吓了瑞丰一跳，"他来，这件事也得由我主持！我，在，新，民，会，里！"这末几个字是一个一个由他口中像小豆子似的蹦出来的，每蹦出一个字，他的右手大指便在自己的胸上戳一下。他时常做出这个样子，而且喜欢这个样子，他管这叫作"斗争的姿态"。

在打了集合的铃以后，蓝先生拿着点名册，瑞丰拿着校旗，又找上已经来到的那一位先生，一同到操场去。两位工友抱着各色的小纸旗，跟在后面。

瑞丰的中山装好像有好几十斤重似的，他觉得非常的压得慌。一进操场，他预料学生们必定哈哈地笑他；即使不笑出声来，他们也必会偷偷地唧唧咕咕。

出他意料之外，学生三三两两地在操场的各处立着，几乎都低着头，没有任何的声响。他们好像都害着什么病。瑞丰找不出别的原因，只好抬头看了看天；阴天会使人没有精神。可是，天上的蓝色像宝石似的发着光，连一缕白云都看不到。他更慌了，不晓得学生们憋着什么坏胎，他赶快把校旗——还卷着呢——斜倚在墙根上。

见瑞丰们进来，学生开始往一处集拢，排成了两行。大家还都低着头，一声不出。

蓝先生，本来嘴唇有点发颤，见学生这样老实，马上放宽了点心，也就马上想拿出点威风来。这位诗人的眼是一向只看表面，而根本连想也没想到过人的躯壳里还有一颗心的。今天，看到学生都一声不出，他以为是大家全怕他呢。腋下夹着那几本点名册子，向左歪着脸，好教向上吊着的那只眼能对准了大家，他发着威说："用不着点名，谁没来我都知道！一定开除！日本友军在城里，你们要是不和友军合作，就是自讨无趣！友军能够对你们很客气，也能够十分的严厉！你们要看清楚！为不参加游行而被开除的，我必报告给日本方面，日本方面就必再通知北平所有的学校，永远不收容他。这还不算，日本方面还要把他看成乱党，不一定什么时候就抓到监牢里去！听明白没有？"蓝先生的眼角糊着一摊黄的膏子，所以不住地眨眼；此刻，他一面等着学生回答，一面把黄糊子用手指挖下来，抹在袍襟上。

学生还没出声。沉默有时候就是抵抗。

蓝先生一点没感到难堪，回头嘱咐两位工友把各色的小旗分给每个学生一面。无语地，不得已地，大家把小旗接过去。旗子散完，蓝先生告诉瑞丰："出发！"

瑞丰跑了两步，把校旗拿过来，打开。那是一面长方的，比天上的蓝色稍深一点的蓝绸旗。没有镶边，没有缀穗，这是面素净而大方的旗子；正当中有一行用白缎子剪刻的字。

校旗展开，学生都自动地立正，把头抬起来。大家好像是表示：教我们去就够了，似乎不必再教代表着全校的旗帜去受污辱吧！这点没有明说出来的意思马上表面化了——瑞丰把旗子交给排头，排头没有摇头，也没有出声，而只坚决地不肯接受。这是个十五岁而发育得很高很大的，重眉毛胖脸的，诚实得有点傻气的，学生。他的眼角窝着一颗很大的泪，腮上涨得通红，很困难地呼吸着，双手用力地往下垂。他的全身都表示出：假若有人强迫他拿那杆蓝旗，他会拼命！

瑞丰看出来胖学生的不好惹，赶紧把旗子向胖子背后的人递，也同样地遇到拒绝。瑞丰僵在了那里，心中有点气而不敢发作。好像有一股电流似的一直通到排尾，极快地大家都知道了两个排头的举动。照旧地不出声，大家一致地把脸板起来，表示谁也不肯接受校旗。瑞丰的小眼珠由排头溜到排尾，看出来在那些死板板的脸孔下都藏着一股怒气；假若有人不识时务地去戳弄，那股怒气会像炸弹似的炸开，把他与蓝东阳都炸得粉碎。他木在那里。那面校旗像有毒似的他不愿意拿着，而别人也不愿意接过去。

蓝先生偏着点脸，也看清自己在此刻万不可以发威。他告诉一位工友："你去打旗！两块钱的酒钱！"

这是个已快五十岁的工友。叹了口气，他过去把旗子接到手中，低着头立在队伍的前面。

现在该瑞丰喊口令了。他向后退着跑了几步，自己觉得这几步跑得很有个样子。跑到适当的距离，他立住，双脚并齐，从丹田上使力，喊出个很尖很刺耳的"立"字来。他的头扬起来，脖筋都涨起多高，支持着"立"字的拉长；而后，脚踵离开了地，眼睛很快地闭上，想喊出个很脆很有力的"正"字来。力量确是用了，可是不知怎的"正"字竟会像哑巴爆竹，没有响。他的小干脸和脖子都红起来。他知道学生们一定会笑出声儿来。他等着他们发笑，没有旁的办法。奇怪，他们不但没有笑声，连笑意也没有。他干嗽了两下，想敷衍了事地喊个向右转和齐步走，好教自己下台。可是他的嗓音仿佛完全丢失了。他张了张嘴，而没有声音出来。

老姚对立正、齐步走，这一套是颇熟习的。看见瑞丰张嘴，他

就向右转，打起旗来，慢慢地走。

学生们跟着老姚慢慢地走，走出操场，走出校门，走出巷口。他们的头越来越低，手中的小纸旗紧紧地贴着裤子。他们不敢出一声，也不敢正眼地看街上的人。他们今天是正式地去在日本人面前承认自己是亡国奴！

北平特有的秋晴里走着一队队的男女学生——以他们的小小的、天真的心，去收容历史上未曾有过的耻辱！他们没法子抵抗。他们在不久之前都听过敌人的炮声与炸弹声，都看见过敌人的坦克车队在大街上示威，他们知道他们的父兄师长都不打算抵抗。他们只能低着头为敌人去游行。他们的手中的小旗上写着"大日本万岁！"

这最大的耻辱使甚至于还不过十岁的小孩也晓得了沉默，他们的口都被耻辱给封严。汽车上，电车上，人力车上，人家与铺户的门前，都悬着旗，结着彩，可是北平像死了似的那么静寂。

瑞丰本是为凑热闹来的，他万没想到街上会这么寂寞。才走了一里多路，他就感觉到了疲乏；这不是游行，而是送殡呢！不，比送殡还更无聊，难堪！他很后悔参加这次的游行。他偷眼向前后找蓝东阳，已然不见了。他的心中有点发慌。虽然阳光是那么晴美，街上到处都悬旗结彩，可是他忽然觉得怪可怕！他不知道天安门安排着什么险恶的埋伏，他只觉得北平的天、北平的地，与北平的人，今天都有点可怕。他没有多少国家观念，可是，现在他似乎感到了一点不合适——亡了国的不合适！

瑞丰和他的队伍差不多是最早来到天安门的。他预料着，会场四围必定像开庙会一样的热闹，一群群卖糖食和水果的小贩，一群群的红男绿女，必定沿着四面的红墙，里三层外三层地呼喊，拥挤，来回地乱动；在稍远的地方甚至有照西湖景和变戏法的，敲打着简单而有吸引力的锣鼓。

可是，眼前的实在景物与他所期望看到的简直完全不同。天安门的、太庙的，与社稷坛的红墙，红墙前的玉石栏杆，红墙后的黑绿的老松，都是那么雄美庄严，仿佛来到此处的晴美的阳光都没法不收敛起一些光芒，好使整个的画面显出肃静。这里不允许吵闹与轻佻。高大的天安门面对着高大的正阳门，两个城楼离得那么近，同时又像离得极远。在两门之间的行人只能觉得自己像个蚂蚁那么小。为开会，在玉石的桥前已搭好一座简单的讲台。席棚木板的讲台，虽然插满了大小的旗子，可是显着非常的寒碜；假若那城楼、石桥，是不朽的东西，这席棚好像马上就可以被一阵风刮得无影无踪！台上还没有人。瑞丰看看空台，看看城楼，赶紧又低下头去。他觉得可怕。在秋日的晴光中，城楼上的一个个的黑的眼睛好像极慢极慢地眨动呢！谁敢保，那些黑眼睛里没有机关枪呢！他极盼多来些人，好撑满了广场，给他仗一些胆气！慢慢地，从东、西、南，三面都来了些学生。没有军鼓军号，没有任何声响，一队队的就那么默默地，无可如何地，走来，立住。

学生越来越多了。人虽多，可是仍旧填不满天安门前的广场。人越多，那深红的墙与高大的城楼仿佛也越红越高，镇压下去人的声势。人、旗帜，仿佛不过是一些毫无分量的毛羽。而天安门是一座庄严美丽的山。巡警、宪兵，也增多起来；他们今天没有一点威风。他们，在往日，保护过学生，也殴打过学生，今天，他们却不知如何是好——天安门、学生、日本人、亡国、警察、宪兵，这些连不到一气的，像梦似的联到了一气！懒懒地，羞愧地，他们站在学生一旁，大家都不敢出声。天安门的庄严尊傲使他们沉默、羞愧——多么体面的城，多么可耻的人啊！

蓝东阳把干事的绸条还在衣袋里藏着，不敢挂出来。他立在离学生差不多有半里远的地方，不敢挤在人群里。常常欠起一点脚来，他向台上望，切盼他的上司与日本人来到，好挂出绸条，抖一抖威风。他不能欣赏天安门的庄严，也不能了解学生们的愤愧与沉默。

他只觉得这么多人而没有声音，没有动作，一定埋藏着什么祸患，使他心中发颤。

学生们差不多已都把脚站木了，台上还没有动静。他们饥渴，疲倦，可是都不肯出声，就是那不到十岁的小儿女们也懂得不应当出声，因为他们知道这是日本人叫他们来开会。他们没法不来，他们可是恨日本鬼子。一对对的小眼睛眨巴眨巴地看着天安门，那门洞与门楼是多么高大呀，高大得使他们有点害怕！一对对的小眼睛眨巴眨巴地看着席棚，席棚上挂着日本旗，还有一面大的，他们不认识的五色旗。他们莫名其妙，这五道儿的旗子是干什么的？莫非这就是亡国旗么？谁知道！他们不敢问老师们，因为老师们今天都低着头，眼中像含着泪似的。他们也只好低下头去，用小手轻轻地撕那写着中日亲善等等字样的纸旗。

学生差不多已到齐，但是天安门前依旧显着空虚冷落。人多而不热闹比无人的静寂更难堪——甚至于可怕。在大中华的历史上，没有过成千上万的学生在敌人的面前庆祝亡国的事实。在大中华的历史上，也没有过成千上万的学生，立在一处而不出一声。最不会严肃的中国人，今天严肃起来。

开会是带有戏剧性的；台上的播音机忽然地响了，奏着悲哀阴郁的日本歌曲。四围，忽然来了许多持枪的敌兵，远远地把会场包围住。台上，忽然上来一排人，有穿长袍的中国人，也有武装的日本人。忽然，带着绸条的人们——蓝东阳在内——像由地里刚钻出来的，跳跳钻钻地在四处跑。

不知是谁设的计，要把大会开得这么有戏剧性。可是，在天安门前，那伟大庄严的天安门前，这点戏剧性没有得到任何效果。

一个穿长袍的立起来了，对着扩声机发言。由机器放大了的声音，碰到那坚厚的红墙，碰到那高大的城楼，而后散在那像没有边际似的广场上，只像一些带着痰的咳嗽。学生们都低着头，听不到什么，也根本不想听见什么；他们管那穿长袍而伺候日本人的叫作汉奸。

穿长袍的坐下，立起个武装的日本人。蓝东阳与他的"同志"们，这时候已分头在各冲要的地方站好，以便"领导"学生。他们拼命地鼓掌，可是在天安门前，他们的掌声直好像大沙漠上一只小麻雀在拍动翅膀。他们也示意教学生们鼓掌，学生们都低着头，没有任何动作，台上又发出了那种像小猫打呼噜的声音，那个日本武官是用中国话说明日本兵的英勇无敌，可是他完全白费了力，台下的人听不见，也不想听。他的力气白费了，而且他自己似乎也感到没法使天安门投降；天安门是那么大，他自己是那么小，好像一个猴向峨嵋山示威呢。

台上和台下的干事们喊了几句口号。他们的口都张得很大，手举得很高，可是声音很小，很不清楚。学生们一声不出。庆祝保定的胜利？谁不知道保定是用炸弹与毒气攻下来的呢！

台上的傀儡们下了台，不见了。带绸条的干事们拿着整篮子的昭和糖来分发，每个学生一块。多么高大的天安门啊，每人分得那么小的一块糖！中日亲善啊，每人分得一块糖，在保定被毒气与炸弹毁灭之后！昭和糖与小旗子都被扔弃在地上。

二十二

以冠晓荷的浮浅无聊，居然会把蓝东阳"唬"得一愣一愣的。凡是晓荷所提到的烟、酒、饭、茶的做法、吃法，他几乎都不知道。及至冠家的酒饭摆上来，他就更佩服了冠先生——冠先生并不瞎吹，而是真会享受。是的，冠先生并没有七盘八碗地预备整桌的酒席；可是他自己家里做的几样菜是北平所有的饭馆里都吃不到的。除了对日本人，蓝东阳是向来不轻易佩服人的。现在，他佩服了冠先生。

在酒饭之外，他还觉出有一股和暖的风，从冠先生的眼睛、鼻子、嘴、眉和喉中刮出来。冠先生的亲热周到使东阳不由得要落泪。他一向以为自己是受压迫的，因为他的文稿时常因文字不通而被退回来；今天，冠先生从他一进门便呼他为诗人，而且在吃过两杯酒以后，要求他朗读一两首他自己的诗。

捧人是需要相当的勇气的。冠先生有十足的勇气——他会完全不要脸。

"高第！"冠先生亲热地叫大女儿，"你不是喜欢新文艺吗？跟东阳学学吧！"紧跟着对东阳说："东阳，你收个女弟子吧！"

东阳没答出话来。他昼夜地想女人，见了女人他可是不大说得出正经话来。

高第低下头去，她不喜欢这个又瘦又脏又难看的诗人。

冠先生本盼望女儿对客人献点殷勤，及至看高第不哼一声，他赶紧提起小瓷酒壶来，让客："东阳，咱们就是这一斤酒，你要多喝也没有！先干了杯！嗷！嗷！对！好，干脆，这一壶归你，你自己斟！咱们喝良心酒！我和瑞丰另烫一壶！"

招弟专会戏弄"癞虾蟆"。顶俏美地笑了一下，她问东阳："你告诉告诉我，怎样作个文学家，好不好？"并没等他回答，她便提出自己的意见："是不是不刷牙不洗脸，就可以作出好文章呢？"

东阳的脸红了。

高第和尤桐芳都咯咯地笑起来。

冠先生很自然地，拿起酒杯，向东阳一点头："来，罚招弟一杯，咱们也陪一杯，谁教她是个女孩子呢！"

吃过饭，大家都要求桐芳唱一支曲子。桐芳最讨厌有新朋友在座的时候"显露原形"。她说这两天有点伤风，嗓子不方便。瑞丰——久已对她暗里倾心——帮她说了几句话，解了围。桐芳，为赎这点罪过，提议打牌。瑞丰领教过了冠家牌法的厉害，不敢应声。胖太太比丈夫的胆气大一点，可是也没表示出怎么热烈来。蓝东阳本是个"钱狠子"，可是现在有了八成儿醉意，又看这里有那么多位女性，他竟自大胆地说："我来！说好，十六圈！不多不少，十扭圈！"他的舌头已有点不大利落了。

大赤包、桐芳、招弟、东阳，四位下了场。招弟为怕瑞丰夫妇太僵得慌，要求胖太太先替她一圈或两圈。

文章不通的人，据说，多数会打牌。东阳的牌打得不错。一上手，他连和了两把。这两把都是瑞丰太太放的铳。第二圈，东阳听了两次和，可都没和出来，因为他看时机还早而改了叫儿，以便多和一番。他太贪。这两把都没和，他失去了自信，而越打越慌，越背。他是打赢不打输的人，他没有牌品。当牌气不大顺的时候，他摔牌，他骂骰子，他怨别人打得慢，他嫌灯光不对，他挑剔茶凉。

瑞丰看事不祥，轻轻地拉了胖太太一把，二人没敢告辞，以免扰动牌局，偷偷地走出去。冠先生轻快地赶上来，把他们送到街门口。

第二天，瑞丰想一到学校便半开玩笑地向东阳提起高第姑娘来。假若东阳真有意呢，他就不妨真的做一次媒，而一箭双雕地把蓝与冠都捉到手里。

见到东阳，瑞丰不那么乐观了。东阳的脸色灰绿，一扯一扯地像要裂开。他先说了话："昨天冠家的那点酒、菜、茶、饭，一共用多少钱？"

瑞丰知道这一问或者没怀着好意，但是他仍然把他当作好话似的回答："噢，总得花二十多块钱吧，尽管家中做的比外叫的菜便宜；那点酒不会很贱了，起码也得四五毛一斤！"

"他们赢了我八十！够吃那么四回的！"东阳的怒气像夏天的云似的涌上来，"他们分给你多少？"

"分给我？"瑞丰的小眼睛睁得圆圆的。

"当然喽！要不然，我跟他们丝毫的关系都没有，你干吗给两下里介绍呢？"

瑞丰，尽管是浅薄无聊的瑞丰，也受不了这样的无情的、脏污的、攻击。他的小干脑袋上的青筋全跳了起来。他明知道东阳不是好惹的，不该得罪的，可是他不能太软了，为了脸面，他不能太软了！他拿出北平人的先礼后拳的办法来：

"你这是开玩笑呢，还是——"

"我不会开玩笑！我输了钱！"

"打牌还能没有输赢？怕输就别上牌桌呀！"

"你听着！"东阳把臭黄牙露出来好几个，像狗打架时那样，"我现在是教务主任，不久就是校长，你的地位是在我手心里攥着的！我一撒手，你就掉在地上！我告诉你，除非你赔偿上八十块钱，我一定免你的职！"

瑞丰笑了。他虽浮浅无聊，但究竟是北平人，懂得什么是"里儿"，哪叫"面儿"。北平的娘儿们，也不会像东阳这么一面理。"蓝先生，你快活了手指头，红中白板地摸了大半夜，可是教我拿钱；哈，天下哪有这么便宜的事？要是有的话，我早去了，还轮不到尊家你呢！"

"不用废话！给我钱！"东阳的散文比他的诗通顺而简明得多了。

"告诉你！"东阳满脸的肌肉就像服了毒的壁虎似乎全部抽动着，"告诉你！不给钱，我会报告上去，你的弟弟逃出北平——这是你亲口告诉我的——加入了游击队！你和他通气！"

瑞丰的脸白了。他后悔，悔不该那么无聊，把家事都说与东阳听，为是表示亲密！不过，后悔是没用的，他须想应付困难的办法。

他万也没想到东阳会硬说老三参加了游击队！他没法辩驳，他觉得忽然地和日本宪兵，与宪兵的电椅皮鞭碰了面！

他哄的一下出了汗。

"怎样？给钱，还是等我去给你报告？"

一个人慌了的时候，最容易只沿着一条路儿去思索。瑞丰慌了。他不想别的，而只往坏处与可怕的地方想。听到东阳最后的恐吓，他又想出来：即使真赔了八十元钱，事情也不会完结；东阳哪时一高兴，仍旧可以给他报告呀！

"怎样？"东阳又催了一板，而且往前凑，逼近了瑞丰。

瑞丰像一条癞狗被堵在死角落里，没法子不露出抵抗的牙与爪来了。他一拳打出去，倒仿佛那个拳已不属他管束了似的。他不晓得这一拳应当打在哪里，和果然打在哪里，他只知道打着了一些什么；紧跟着，东阳便倒在了地上。他没料到东阳会这么不禁碰。他急忙往地上看，东阳已闭上了眼，不动。轻易不打架的人总以为一打就会出人命的；瑞丰浑身上下都忽然冷了一下，口中不由得说出来："糟啦！打死人了！"说完，不敢再看，也不顾得去试试东阳还有呼吸气儿与否，他拿起腿便往外跑，像七八岁的小儿惹了祸，急急逃开那样。

到了家门口，他已喘不过气来。扶住门垛子，他低头闭上了眼，大汗珠啪嗒啪嗒地往地上落。这么忍了极小的一会儿，他用袖子抹了抹脸上的汗，开始往院里走。他一直奔了大哥屋中去。

瑞宣正在床上躺着。瑞丰在最近五年中没有这么亲热地叫过大哥："大哥！"他的泪随着声音一齐跑出来。

这一声"大哥"，打动了瑞宣的心灵。他急忙坐起来问："怎么啦？老二！"

老二从牙缝里挤出来："我打死了人！"

瑞宣立起来，心里发慌。但是，他的修养马上来帮他的忙，教他稳定下来。他低声地，关心而不慌张地问："怎么回事呢？坐下说！"说罢，他给老二倒了杯不很热的开水。

老二把水一口喝下去。老大的不慌不忙，与水的甜润，使他的神经安帖了点。他坐下，极快、极简单地，把与东阳争吵的经过说了一遍。他没说东阳的为人是好或不好，也没敢给自己的举动加上夸大的形容；他真的害了怕，忘记了无聊与瞎扯。说完，他的手颤动着掏出香烟来，点上一支。

瑞宣声音低而恳切地问："他也许是昏过去了吧？一个活人能那么容易死掉？"

老二深深地吸了口烟。"我不敢说！"

"这容易，打电话问一声就行了！"

"怎么？"老二现在仿佛把思索的责任完全交给了大哥，自己不再用一点心思。

"他若没死，接电话的人必说：请等一等。你就把电话挂上好啦。"

"对！"老二居然笑了一下，好像只要听从哥哥的话，天大的祸事都可以化为无有了似的。

电话叫通，蓝先生刚刚地出去。

"不过，事情不会就这么完了吧？"老二对大哥说。

"慢慢地看吧！"瑞宣不很带劲儿地回答。

"那不行吧？我看无论怎着，我得赶紧另找事，不能再到学校去；蓝小子看不见我，也许就忘了这件事！"

"也许！"瑞宣看明白老二是胆小，不敢再到学校去，可是不好意思明说出来。

二十三

天越来越冷了。

煤一天天地涨价。北风紧吹，煤紧加价。唐山的煤大部分已被日本人截了去，不再往北平来，而西山的煤矿已因日本人与我们的游击队的混战而停了工。北平的煤断了来源！

祁家只有祁老人和天佑的屋里还保留着炕，其余的各屋里都早已随着"改良"与"进步"而拆去，换上了木床或铁床。尽管老人把身子蜷成一团，像只大猫，并且盖上厚被与皮袍，他还是觉不到温暖。只有炕洞里生起一小炉火，他才能舒舒服服地躺一夜。

天佑太太并不喜欢睡热炕，她之所以保留着它是她准知道孙子们一到三四岁就必被派到祖母屋里来睡，而有一铺炕是非常方便的。

瑞宣不敢正眼看这件事。假若他有钱，他可以马上出高价，乘着城里存煤未卖净的时候，囤起一冬或一年的煤球与煤块。但是，他与老二都几个月没拿薪水了，而父亲的收入是很有限的。

小顺儿的妈以家主妇的资格已向丈夫提起好几次:"冬天要是没有火,怎么活着呢?那,北平的人得冻死一半!"

有一次,小顺儿代替爸爸发了言:"妈,没煤,顺儿去拣煤核儿!"又待了一会儿,他不知怎么想起来:"妈!也会没米,没白面吧?"

瑞宣的眼忽然看出老远老远去。今天缺煤,怎见得明天就不缺粮呢?

他只能盼望国军胜利,快快打回北平!

太原失陷!广播电台上又升起大气球:"庆祝太原陷落!"

学生们又须大游行。

他已经从老二不敢再到学校里去的以后就照常去上课。他不肯教老人们看着他们哥儿俩都在家中闲着。

这几天,老二的眉毛要拧下水珠来。胖太太已经有三四天没跟他说话。他不去办公的头两天,她还相信他的乱吹,以为他已另有高就。及至他们俩从冠宅回来,她就不再开口说话,而把怒目与撇嘴当作见面礼。他俩到冠宅去的目的是为把蓝东阳的不近人情报告明白,而求冠先生与冠太太想主意,给瑞丰找事。找到了事,他们旧事重提地说:"我们就搬过来住,省得被老三连累上!"瑞丰以为冠氏夫妇必肯帮他的忙,因为他与东阳的吵架根本是因为冠家赢了钱。

冠先生相当的客气,可是没确定地说什么。他把这一幕戏让给了大赤包。

大赤包今天穿了一件紫色绸棉袍,唇上抹着有四两血似的口红,头发是刚刚烫的,很像一条绵羊的尾巴。她的气派之大差不多是空前的,脸上的每一个雀斑似乎都表现着傲慢与得意。

那次,金三爷在冠家发威的那次,不是有一位带着个妓女的退职军官在座吗?他已运动成功,不久就可以发表——警察局特高科

的科长。他叫李空山。他有过许多太太,多半是妓女出身。现在,既然又有了官职,他决定把她们都遣散了,而正经娶个好人家的小姐,而且是读过书的小姐。他看中了招弟。可是大赤包不肯把那么美的招弟贱卖了。她愿放手高第。李空山点了头。虽然高第不很美,可的确是位小姐,作过女学生的小姐。再说,遇必要时,他还可以再弄两个妓女来,而以高第为正宫娘娘,她们作妃子,大概也不至于有多少问题。大赤包的女儿不能白给了人。李空山答应给大赤包运动妓女检查所的所长。这是从国都南迁以后,北平的妓馆日见冷落,而成为似有若无的一个小机关。现在,为慰劳日本军队,同时还得防范花柳病的传播,这个小机关又要复兴起来。李空山看大赤包有作所长的本领。同时,这个机关必定增加经费,而且一加紧检查就又必能来不少的"外钱"。

起床,睡倒,走路,上茅房,大赤包的嘴里都轻轻地叫自己:"所长!所长!"这两个字像块糖似的贴在了她的舌头上,每一咂就满口是水儿!

她也想到她将来的实权,而自己叨唠:"动不动我就检查!动不动我就检查!怕疼,怕麻烦,给老太太拿钱来!拿钱来!拿钱来!"她毫不客气地告诉了瑞丰:

"我们快有喜事了,那间小屋得留着自己用!谁教你早不搬来呢?至于蓝东阳呀,我看他还不错嘛!怎么?你是为了我们才和他闹翻了的?真对不起!可是,我们也没有赔偿你的损失的责任!我们有吗?"她老气横秋地问冠晓荷。

晓荷眯了眯眼,轻轻一点头,又一摇头;没说什么。

瑞丰和胖太太急忙立起来,像两条挨了打的狗似的跑回家去。

更使他们夫妇难过的是蓝东阳还到冠家来,并且照旧受欢迎,因为他到底是作着新民会的干事,冠家不便得罪他。大赤包福至心

灵地退还了东阳四十元钱:"我们玩牌向来是打对折给钱的;那天一忙,就实价实收了你的;真对不起!"东阳也大方一下,给高第姐妹买了半斤花生米。

他自居为高第姐妹俩的爱人,因为她们俩都吃了他的几粒花生米。

二十四

庆祝太原陷落的游行与大会使蓝东阳非常的满意，因为参加的人数既比上次保定陷落的庆祝会多了许多，而且节目也比上次热闹。但是，美中不足，日本人不很满意那天在中山公园表演的旧剧。戏目没有排得好。当他和他的朋友们商议戏目的时候，没有一个人的戏剧知识够分得清《连环计》与《连环套》是不是一出戏的。他们用压力把名角名票都传了来，而不晓得"点"什么戏。最使他们失败的是点少了"粉戏"。日本上司希望看淫荡的东西，而他们没能照样地供给。好多的粉戏已经禁演了二三十年，他们连戏名都说不上来，也不晓得哪个角色会演。

蓝东阳想，假若他们之中有一个冠晓荷，他们必不至于这样受窘。他们晓得怎么去迎合，而不晓得用什么去迎合；晓荷知道。

他又去看冠先生。他没有意思把冠先生拉进新民会去，他怕冠先生会把他压下去。他只想多和冠先生谈谈，从谈话中不知不觉地他可以增加知识。

冠家门口围着一圈儿小孩子，两个老花子正往门垛上贴大红的喜报，一边儿贴一边儿高声地喊："贵府老爷高升喽！报喜来喽！"

大赤包的所长发表了。为讨太太的喜欢，冠晓荷偷偷地写了两张喜报，教李四爷给找来两名花子，到门前来报喜。他希望全胡同的人都来围在他的门外。可是，他看明白，门外只有一群小孩子，最大的不过是程长顺。

他的报子写得好。大赤包被委为妓女检查所的所长，冠先生不愿把妓女的字样贴在大门外。琢磨了半天，他看清楚"妓"字的半边是"支"字，由"支"他想到了"织"；于是，他含着笑开始写："贵府冠夫人荣升织女检查所所长……"

东阳歪着脸看了半天，想不出织女是干什么的。他毫不客气地问程长顺："织女是干什么的？"

长顺儿齉着鼻子回答："牛郎的老婆！"

东阳恍然大悟："噢！管女戏子的！牛郎织女天河配，不是一出戏吗？"现在，他看明白，他应当诚意地和冠家合作，因为冠家并不只是有两个钱而毫无势力的——看那张红报子，连太太都作所长！他警告自己这回不要再太嫉妒了，没看见官与官永远应当拜盟兄弟与联姻吗？

冠晓荷一眼看到了蓝东阳，马上将手拱起来。

二人刚走到院里，就听见使东阳和窗纸一齐颤动的一声响。晓荷忙说："太太咳嗽呢！太太作了所长，咳嗽自然得猛一些！"

大赤包坐在堂屋的正当中，声震屋瓦地咳嗽，谈笑，连呼吸的声音也好像经由扩音机出来的。见东阳进来，她并没有起立，而只极吝啬地点了一下头，而后把擦着有半斤白粉的手向椅子那边一摆，请客人坐下。她的气派之大已使女儿不敢叫妈，丈夫不敢叫太太，而都须叫所长。

东阳，向来没见过有这样气派的妇人，几乎不知如何是好了！

她已不止是前两天的她，而是她与所长之"和"了！

晓荷又救了东阳。他向大赤包说：

"报告太太！"

大赤包似怒非怒，似笑非笑地插嘴：

"所长太太！不！干脆就是所长！"

晓荷笑着，身子一扭咕，甜蜜地叫："报告所长！东阳来给你道喜！"

东阳扯动着脸，立起来，依然没找到话，而只向她咧了咧嘴，露出来两三个大的黄牙。

"不敢当哟！"大赤包依然不往起立，像西太后坐在宝座上接受朝贺似的那么毫不客气。

正在这个时候，院中出了声，一个尖锐而无聊的声："道喜来喽！道喜来喽！"

"瑞丰！"晓荷稍有点惊异地，低声地说。

"也请！"大赤包虽然看不起瑞丰，可是不能拒绝他的贺喜；拒绝贺喜是不吉利的。

晓荷迎到屋门："劳动！劳动！不敢当！"

瑞丰穿着最好的袍子与马褂，很像来吃喜酒的样子。快到堂屋的台阶，他收住了脚步，让太太先进去——这是他由电影上学来的洋规矩。胖太太也穿着她的最好的衣服，满脸的傲气教胖脸显得更胖。她高扬着脸，扭着胖屁股，一步一喘气地慢慢地上台阶。她手中提着个由稻香村买来的，好看而不一定好吃的，礼物篮子。

大赤包本还是不想立起来，及至看见那个花红柳绿的礼物篮子，她不好意思不站起一下了。

在礼节上，瑞丰是比东阳胜强十倍的。道完了喜，他亲热地招呼东阳：

"东阳兄，你也在这儿？这几天我忙得很，所以没到学校去！你

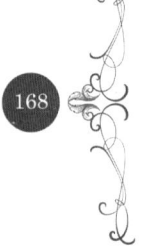

怎样？还好吧？"

东阳不会这一套外场劲儿，只扯动着脸，把眼球吊上去，又放下来，没说什么。他心里说："早晚我把你小子圈在牢里去，你不用跟我逗嘴逗牙的！"

这时候，胖太太已经坐在大赤包的身旁，而且已经告诉了大赤包：瑞丰得了教育局的庶务科科长。她实在不为来道喜，而是为来雪耻——她的丈夫作了科长！

"什么？"大赤包立起来，把戴着两个金箍子的大手伸出去："你倒来给我道喜？祁科长！真有你的！你一声不出，真沉得住气！"说着，她用力和瑞丰握手，把他的手指握得生疼。"张顺！"她放开手，喊男仆："拿英国府来的白兰地！"然后对大家说："我们喝一杯酒，给祁科长，和科长太太，道喜！"

东阳立在那里，脸慢慢地变绿，他妒，他恨！他后悔没早几天下手，把瑞丰送到监牢里去！现在，他只好和瑞丰言归于好，瑞丰已是科长！他恨瑞丰，而不便惹恼科长！

酒拿到，大家碰了杯。

瑞丰噎不住粪，开始说他得到科长职位的经过："我必得感谢我的太太！她的二舅是刚刚发表了的教育局局长的盟兄。"

"副局长不久还会落到你的手中的！预祝高升！"晓荷又举起酒杯来。

东阳要告辞。屋中的空气已使他坐不住了。大赤包可是不许他走。"走？你太难了！今天难道还不热闹热闹吗？怎么，一定要走？好，我不死留你。你可得等我把话说完了！"她立起来，一只手扶在心口上，一只手扶着桌角，颇像演戏似的说："东阳，你在新民会；瑞丰，你入了教育局；我呢，得了小小的一个所长；晓荷，不久也会得到个地位，比咱们的都要高的地位；在这个改朝换代的时代，我们这一下手就算不错！我们得团结，互相帮忙，互相照应，好顺

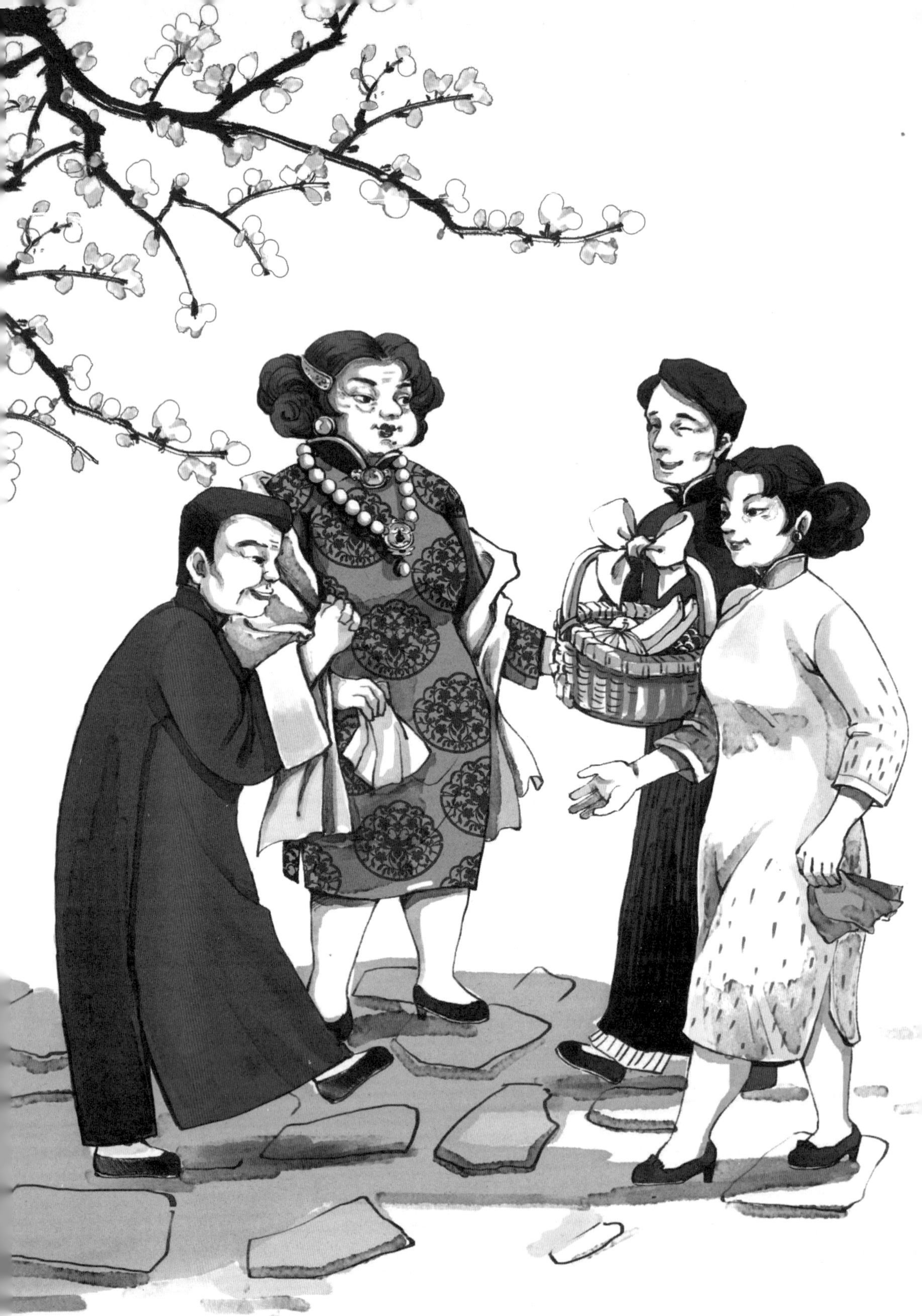

顺当当地打开我们的天下，教咱们的家中的每一个人都有事做，有权柄，有钱财！日本人当然拿第一份儿，我们，连我们的姑姑老姨，都须拿到第二份儿！我们要齐心努力地造成一个势力，教一切的人，甚至于连日本人，都得听我们的话，把最好的东西献给我们！"

她说完，晓荷领头儿鼓掌。而后，他极柔媚甜蜜地请祁太太说话。

胖太太立了起来。晓荷的掌拍得更响了。她，可是，并没准备说话。笑了一下，她对瑞丰说："咱们家去吧！不是还有许多事哪吗？"

大赤包马上声明："对！咱们改天好好地开个庆祝会，今天大家都忙！"

祁科长夫妇往外走，冠所长夫妇往外送；快到了大门口，大赤包想起来："我说，祁科长！你们要是愿意搬过来住，我们全家欢迎噢！"

胖太太找到了话说："我们哪，马上就搬到二舅那里去。那里离教育局近，房子又款式，还有……"她本想说："还有这里的祖父与父母都怯头怯脑的，不够作科长的长辈的资格。"可是看了瑞丰一眼，她没好意思说出来；丈夫既然已作了科长，她不能不给他留点面子。

刚一听到这个消息，瑞宣没顾了想别的，而只感到松了一口气——管老二干什么去呢！只要他能自食其力地活着，能不再常常来讨厌，老大便谢天谢地！

待了一会儿，他可是赶快地变了卦。不，他不能就这么不言不语地教老二夫妇搬出去。他是哥哥，理应教训弟弟。还有，他与老二都是祁家的人，也都是中国的国民，祁瑞宣不能有个给日本人做事的弟弟！瑞丰不止是找个地位，苟安一时，而是去作小官儿，去作汉奸！瑞宣的身上忽然一热，有点发痒；祁家出了汉奸！老三逃出北平，去为国效忠，老二可在家里作日本人的官，这笔账怎么算呢？

一看见瑞丰夫妇由外面进来，他便把瑞丰叫到自己的屋中去。他对人最喜欢用暗示，今天他可决不用它，他晓得老二是不大听得懂暗示的人，而事情的严重似乎也不允许他多绕弯子。他开门见山地问："老二，你决定就职？"

老二拉了拉马褂的领子，沉住了气，回答："当然！科长不是随便在街上就可以拣来的！"

"你晓得不晓得，这是作汉奸呢？"瑞宣的眼盯住了老二的。

"汉——"老二的确没想过这个问题，他张着嘴，有半分多钟没说出话来。慢慢地，他并上了口；很快地，他去搜索脑中，看有没有足以驳倒老大的话。一想，他便想到："科长——汉奸！两个绝对联不到一处的名词！"想到，他便说出来了。

"那是在太平年月！"瑞宣给弟弟指出来，"现在，无论作什么，我们都得想一想，因为北平此刻是教日本人占据着！"

老二要说："无论怎样，科长是不能随便放手的！"可是没敢说出来，他先反攻一下："要那么说呀，大哥，父亲开铺子卖日本货，你去教书，不也是汉奸吗？"

瑞宣笑了笑，他说："那大概不一样吧？据我看，因家庭之累或别的原因，逃不出北平，便须挣钱吃饭，这是没法子的事。不过，为挣钱吃饭而有计划地，甘心地，给日本人磕头，蓝东阳和冠晓荷，和你，便不大容易说自己不是汉奸了。老二！听我的话，带着弟妹逃走，作一个清清白白的人！我没办法，我不忍把祖父、父母都干撂在这里不管，而自己远走高飞；可是我也决不从日本人手里讨饭吃。可以教书，我便继续教书；书不可以教了，我设法去找别的事；实在没办法，教我去卖落花生，我也甘心；我可就是不能给日本人做事！"

瑞丰立起来，正了正马褂，像要笑，又像要说话，而既没笑，也没说话地搭讪着，可又不是不骄傲地，走了出去。既不十分明白哥哥的话，又找不到什么足以减少哥哥的妒意的办法，他只好走出去，就手儿也表示出哥哥有哥哥的心思，弟弟有弟弟的办法，谁也别干涉谁！

二十五

孙七正在一家小杂货铺里给店伙剃头。门外有卖"号外"的。一个鼻子冻红了的小儿向铺内探探头,纯粹为做生意,而不为给敌人做宣传,轻轻地问:"看号外?掌柜的!"

"什么事?"孙七问,剃刀不动地方地刮着。

报童揉了揉鼻子:"上海——"

"上海怎样?"

"——撤退!"

孙七的剃刀撒了手。刀子从店伙的肩头滚到腿上,才落了地。幸亏店伙穿着棉袄棉裤,没有受伤。

小崔红着倭瓜脸,程长顺齉着鼻子,二人辩论得很激烈。长顺说:尽管我们在上海打败,南京可必能守住!只要南京能守半年,敌兵来一阵败一阵,日本就算败了!想想看,日本是那么小的国,有多少人好来送死呢!

小崔十分满意南京能守住,但是上海的败退给他的打击太大,他已不敢再乐观了。

六号的刘师傅差点儿和丁约翰打起来。在平日，他们俩只点点头，不大过话；丁约翰以为自己是属于英国府与耶稣的，所以看不起老刘；刘师傅晓得丁约翰是属于英国府与耶稣的，所以更看不起他。今天，刘师傅决定不理会假洋人的傲慢，而想打听打听消息；他以为英国府的消息必然很多而可靠。他递了个和气，笑脸相迎地问：

"刚回来？怎么样啊？"

"什么怎样？"丁约翰的脸刮得很光，背挺得很直，颇像个机械化的人似的。

"上海！"刘师傅挪动了一下，挡住了丁约翰的去路；他的确为上海的事着急。

"噢，上海呀！"约翰偷偷地一笑。"完啦！"说罢他似乎觉得已尽到责任，而想走开。

老刘可是又发了问："南京怎样呢？"

丁约翰皱了皱眉，不高兴起来。"南京？我管南京的事干吗？"他说的确是实话，他是属于英国府的，管南京干吗。

老刘发了火。冲口而出地，他问："难道南京不是咱们的国都？难道你不是中国人？"

丁约翰的脸沉了下来。他知道老刘的质问是等于叫他洋奴。他不怕被呼为洋奴，刘师傅——一个臭棚匠——可是没有叫他的资格！"噢！我不是中国人，你是，又怎么样？我并没有看见尊家打倒一个日本人呀！"

老刘的脸马上红过了耳朵。丁约翰戳住了他的伤口。他有点武艺，有许多的爱国心与傲气，可是并没有去打日本人！他还不出话来了！

丁约翰急忙走开。他知道在言语上占了上风，而又躲开老刘的拳脚，才是完全胜利。

刘师傅气得什么似的，可是没追上前去；丁约翰既不敢打架，何必紧紧地逼迫呢。

小文揣着手，一动也不动地立在屋檐下。他嘴中叨着根香烟；烟灰结成个长穗，一点点地往胸前落。他正给太太计划一个新腔。他没注意丁刘二人为什么吵嘴，正如同他没注意上海战事的谁胜谁败。他专心一志地要给若霞创造个新腔儿。这新腔将使北平的戏园茶社与票房都起一些波动，给若霞招致更多的荣誉，也给他自己的脸上添增几次微笑。他的心中没有中国，也没有日本。他只知道宇宙中须有美妙的琴音与婉转的歌调。

若霞有点伤风，没敢起床。

小文，在丁刘二人都走开之后，忽然灵机一动，他急忙走进屋去，拿起胡琴来。

若霞虽然不大舒服，可是还极关心那个新腔。"怎样？有了吗？"她问。

"先别打岔！快成了！"

丁约翰拿着黄油，到冠宅去道喜。

约翰，在英国府住惯了，晓得怎样称呼人。他一口一个"所长"，把大赤包叫得心中直发痒。

晓荷见太太照旧喜欢约翰，便也拿出接待外宾的客气与礼貌，倒好像约翰是国际联盟派来的。见过礼以后，他开始以探听的口气问：

"英国府那方面对上海战事怎样看呢？"

"中国是不会胜的！"约翰极沉稳地，客观地，像英国的贵族那么冷静高傲地回答。

"噢，不会胜？"晓荷眯着眼问，为是把心中的快乐掩藏起一些去。

丁约翰点了点头。

晓荷送给太太一个媚眼，表示："咱们放胆干吧，日本人一时半会儿不会离开北平！"

"哼！他买了我，可卖了女儿！什么玩艺儿！"桐芳低声而激烈

地说。

"我不能嫁那个人！不能！"高第哭丧着脸说。那个人就是李空山。大赤包的所长拿到手，李空山索要高第。

"可是，光发愁没用呀！得想主意！"桐芳自己也并没想起主意，而只因为这样一说才觉到"想"是比"说"重要着许多的。

"我没主意！"高第坦白地说，"前些天，我以为上海一打胜，像李空山那样的玩艺儿就都得滚回天津去，所以我不慌不忙。现在，听说上海丢了，南京也守不住……"她用不着费力气往下说了，桐芳会猜得出下面的话。

桐芳是冠家里最正面地注意国事的人。她注意国事，因为她自居为东北人。她知道，只有中国强盛了，才能收复东北，而她自己也才能回到老家去。

现在，听到高第的话，她惊异地悟出来："原来每个人的私事都和国家有关！是的，高第的婚事就和国家有关！"悟出这点道理来，她害了怕。假若南京不能取胜，而北平长久地被日本人占着，高第就非被那个拿妇女当玩艺儿的李空山抓去不可！

"高第！你得走！"桐芳放开胆子说。

"走？"高第愣住了。平日，和妈妈或妹妹吵嘴的时节，她总觉得自己十分勇敢。现在，她觉得自己连一点儿胆子也没有。

"我可以跟你走！"桐芳看出来，高第没有独自逃走的胆量。

二十六

天很冷。一些灰白的云遮住了阳光。水倾倒在地上，马上便冻成了冰。麻雀藏在房檐下。

广播电台上的大气球又骄傲地升起来，使全北平的人不敢仰视。"庆祝南京陷落！"北平人已失去他们自己的城，现在又失去了他们的国都！

瑞丰同胖太太到冠宅去。冠先生与大赤包热烈地欢迎他们。

大赤包已就了职，这几天正计划着：第一，怎样联络地痞流氓们，因为妓女们是和他们有最密切关系的。

第二，怎么笼络住李空山和蓝东阳。她让他们都看明白招弟是动不得的——她心里说：招弟起码得嫁个日本司令官！可是，她又知道高第不很听话，不肯随着母亲的心意去一箭双雕地笼络住两个人。

第三，她须展开两项重要的工作：一个是认真检查，一个是认真爱护。前者是加紧地、狠毒地，检查妓女；谁吃不消可以设法通融免检——只要肯花钱。后者是使妓女们来认大赤包作干娘；彼此有了母女关系，感情上自然会格外亲密；只要她们肯出一笔"认亲费"，并且三节都来送礼。

第四，是怎样对付暗娼。战争与灾难都产生暗娼。暗娼们为了生活，为了保留最后的一点廉耻，为了不吃官司，是没法不出钱的；只凭这一笔收入，大赤包就可以发相当大的财。

为实现这些工作计划，大赤包累得常常用拳头轻轻地捶胸口几下。

南京陷落！大赤包不必再拼命，再揪着心了。她从此可以从从容容地、稳稳当当地，作她的所长了。她将以"所长"为梯子，而一步一步地走到最高处去。她将成为北平的第一个女人——有自己的汽车，出入在东交民巷与北京饭店之间，戴着镶有最大的钻石的戒指，穿着足以改变全东亚妇女服装式样的衣帽裙鞋！

她热烈地欢迎瑞丰夫妇。她的欢迎词是：

"咱们这可就一块石头落了地，可以放心地做事啦！南京不是一年半载可以得回来的，咱们痛痛快快地在北平多快活两天儿吧！"然后，她对胖太太说："祁二太太，你我得打成一气，我要是北平妇女界中的第一号，你就必得是第二号。"她说到这里，瑞丰打了岔：

"冠所长！原谅我插嘴！我这两天正给她琢磨个好名字，好去印名片。你看，我是科长，她自然少不了交际，有印名片的必要！请给想一想，是祁美艳好，还是祁菊子好？"

大赤包没加思索，马上决定了："菊子好！像日本名字！凡是带日本味儿的都要时兴起来！"

在南京陷落的消息来到的那一天，钱先生正决定下床试着走几步。身上的伤已差不多都平复了，他脸上也长了一点肉，虽然嘴还瘪瘪着，腮上的坑儿可是小得多了。多日未刮脸，长起一部柔软而黑润的胡须，使他更像了诗人。他很不放心他的腿。两腿腕时常肿起来，酸痛。这一天，他觉得精神特别的好，腿腕也没发肿，所以决定下床试一试。正在这时，他听到四大妈的大棉鞋塌拉塌拉地响。

"来啦？四大妈？"他极和气地问。

"来喽！"四大妈在院中答应，"甭提啦，又跟那个老东西闹了一肚子气！"

"都七十多了，还闹什么气哟！"钱先生精神特别的好，故意找话说。

"你看哪，"她还在窗外，不肯进来，大概为是教少奶奶也听得见，"他刚由外边回来，就噘着大嘴，说什么南京丢了，气横横地不张罗吃，也不张罗喝！我又不是看守南京的，跟我发什么脾气呀，那个老不死的东西！"

钱先生只听到"南京丢了，"就没再往下听。光着袜底，他的脚碰着了地。他急于要立起来，好像听到南京陷落，他必须立起来似的。他的脚刚有一部分碰着地，他的脚腕就像一根折了的秫秸棍似的那么一软，他整个地摔倒在地上。这一下几乎把他摔昏了过去。在冰凉的地上趴伏了好大半天，他才缓过气来。这样卧了许久许久，他才慢慢爬上床去，躺好。他的脚还疼，可是他相信只要慢慢地活动，他一定还能走路，因为他刚才已能站立了那么一会儿。他闭上了眼。来往于他的心中的事只有两件，南京陷落与他的脚疼。

他开始从头儿想。他应当快快地决定明天的计划，但是好像成了习惯似的，他必须把过去的那件事再想一遍，心里才能觉得痛快，才能有条有理地去思想明天的事。

他记得被捕的那天的光景。一闭眼，白巡长、冠晓荷、宪兵、太太、孟石，就都能照那天的地位站在他的眼前。跟着宪兵，他走到西单商场附近的一条胡同里。在胡同里的一条小死巷里，有个小门。他被带进去。一个不小的院子，一排北房有十多间，像兵营，一排南房有七八间，像是马棚改造的。院中是三合土砸的地，很平，像个小操场。刚一进门，他就听到有人在南屋里惨叫。他本走得满头大汗，一听见那惨叫，马上全身都觉得一凉。他本能地立住了，像快走近屠场的牛羊似的那样本能地感到危险。宪兵推了他一把，他再往前走。他横了心，抬起头来。"至多不过是一死！"他口中念道着。

到尽东头的一间北屋里，有个日本宪兵搜检他的身上。检查完，他又被带到由东数第二间北屋去。在这里，一个会说中国话的日本人问他的姓名籍贯年岁职业等等，登记在卡片上。这是个，瘦硬的脸色青白的人。那个人又问："犯什么罪？"

他的确不知道自己犯了什么罪。像平日对好友发笑似的，他很天真地笑了一下，而后摇了摇头。他的头还没有停住，那个瘦子就好像一条饥狼似的极快地立起来，极快地给了他一个嘴巴。他啐出一个牙来。瘦子，还立着，青白的脸上起了一层霜似的，又问一声："犯什么罪？"

他的怒气撑住了疼痛，很安详地，傲慢地，他一个字一个字地说："我不知道！"

又是一个嘴巴，打得他一歪身。他想高声地叱责那个人，他想质问他有没有打人的权，和凭什么打人。可是他想起来，面前的是日本人。日本人要是有理性就不会来打中国。因此，他什么也不愿说；对一个禽兽，何必多废话呢？看了看襟上的血，他闭了闭眼，心里说："打吧！你打得碎我的脸，而打不碎我的心！"

他一辈子做梦也没梦到，自己会因为国事军事而受刑；今天，受到这样的对待，他感到极大的痛苦，可是在痛苦之中也感到忽然来到的光荣。他咬上了牙，准备忍受更多的痛苦，为是多得到一些光荣！

手掌又打到他的脸上，而且是一连串十几掌。他一声不响，只想用身体的稳定不动做精神的抵抗。打人的微微地笑着，似乎是笑他的愚蠢。慢慢地，他的脖子没有力气；慢慢地，他的腿软起来；他动了。左右开弓的嘴巴使他像一个不倒翁似的向两边摆动。打人的笑出了声——打人不是他的职务，而是一种宗教的与教育的表现；他欣赏自己的能打、会打、肯打，与胜利。

在灯光之中,他记得,他被塞进一辆大汽车里去。因为脸肿得很高,他已不易睁开眼。从眼皮的隙缝中,他看到车外的灯光,一串串地往后跑。他感到眩晕,闭上了眼。

车停住了。他不知道那是什么地方,也不屑于细看。殉国是用不着选择地点的。他只记得那是一座大楼,仿佛像学校的样子。因为脚腕上砸着镣,他走得慢,就又挨了打。胡里胡涂地,辨不清是镣子磕的痛,还是身上被打的痛,他被扔进一间没有灯亮的屋子去。他倒了下去,正砸在一个人的身上。底下的人骂了一声。他挣扎着,下面人推搡着,不久,他的身子着了地。那个人没再骂,他也一声不出;地上是光光的,连一根草也没有,他就那么昏昏地睡去。

第二天一整天没事,除了屋里又添加了两个人。他顾不得看同屋里的人都是谁,也不顾得看屋子是什么样。他的脸肿得发涨,闭着眼,两腿伸直,背倚着墙,等死。他只求快快地死,没心去看屋子的同伴。

第三天还没事。他生了气。他开始明白:一个亡了国的人连求死都不可得。敌人愿费一个枪弹,才费一个枪弹;否则他们会教你活活地腐烂在那里。他睁开了眼。屋子很小,什么也没有,只在一面墙上有个小窗,透进一点很亮的光。窗栏是几根铁条。屋子当中躺着一个四十多岁的人,大概就是曾摔在他身上的那个人。这个人的脸上满是凝定了的血条,像一道道的爆了皮的油漆;他蜷着腿,而伸着两臂,脸朝天仰卧,闭着眼。在他的对面,坐着一对青年男女,紧紧地挤在一块儿;男的不很俊秀,女的可是长得很好看;男的扬着头看顶棚,好久也不动一动;女的一手抓着男的臂,一手按着自己的膝盖,眼睛——很美的一对眼睛——一劲儿眨巴,像受了最大的惊恐似的。看见他们,他忘了自己求死的决心。他张开口,想和他们说话。可是,口张开而忘了话,他感到一阵迷乱。他的脑后抽着疼。他闭上眼定了定神。再睁开眼,他的唇会动了。低声而真挚地,他问那两个青年:

"你们是为了什么呢？"

男青年吓了一跳似的，把眼从顶棚上收回。女的开始用她的秀美的眼向四面找，倒好像找什么可怕的东西似的。

"我们——"男的拍了女的一下。女的把身子更靠紧他一些。

"你们找打！别说话！"躺着的人说。他从牙缝里放出点再也拦不住的哀叫。"哎哟！他们吊了我三个钟头，腕子断了！断了！"

用最低的声音，他问明白：那个中年人不晓得自己犯了什么罪，只是因为他的相貌长得很像另一个人。日本人没有捉住那另一个人，而捉住了他，教他替另一个人承当罪名；他不肯，日本人吊了他三点钟，把手腕吊断。

那对青年也不晓得犯了什么罪，而被日本人从电车上把他们捉下来。他们是同学，也是爱人。他们还没受过审，所以更害怕；他们知道受审必定受刑。

当天晚上，门开了，进来一个敌兵，拿着手电筒。用电筒一扫，他把那位姑娘一把拉起来。她尖叫了一声。男学生猛地立起来，被敌兵一拳打歪，窝在墙角上。敌兵往外扯她。她挣扎。又进来一个敌兵。将她抱了走。

青年往外追，门关在他的脸上。倚着门，他呆呆地立着。

远远地，女人尖锐的啼叫，像针尖似的刺进来，好似带着一点亮光。

女人不叫了。青年低声地哭起来。

快到天亮，铁栏上像蛛网颤动似的有了些光儿。看着小窗，他心中发噗，晓风很凉。忽然，门开了，像扔进一条死狗似的，那个姑娘被扔了进来。

小窗上一阵发红，光颤抖着透进来。

女的光着下身，上身只穿着一件贴身的小白坎肩。她已不会动。血道子已干在她的大腿上。

男青年脱下自己的褂子，给她盖上了腿，而后，低声地叫："翠英！翠英！"她不动，不出声。他拉起她的一只手——已经冰凉！他把嘴堵在她的耳朵上叫："翠英！翠英！"她不动。

男青年不再叫，也不再动她。把手插在裤袋里，他向小窗呆立着。太阳已经上来，小窗上的铁栏都发着光——新近才安上的。男青年一动不动地站着，仰着点头，看那三四根发亮的铁条。他足足地这么立了半个多钟头。忽然地他往起一蹿，手扒住窗沿，头要往铁条上撞。他的头没能够到铁条。他极失望地跳下来。

他——钱先生——呆呆地看着，猜不透青年是要逃跑，还是想自杀。

青年转过身来，看着姑娘的身体。看着看着，热泪一串串地落下来。一边流泪，他一边往后退；退到了相当的距离，他又要往前蹿，大概是要把头碰在墙上。

"干什么？"他——钱老人——喝了一句。

青年愣住了。

"她死，你也死吗？谁报仇？年轻的人，长点骨头！报仇！报仇！"

青年又把手插到裤袋中去愣着。愣了半天，他向死尸点了点头。而后，他轻轻地，温柔地，把她抱起来，对着她的耳朵低声地说了几句话。把她放在墙角，他向钱先生又点了点头，仿佛是接受了老人的劝告。

这时候，门开开，一个敌兵同着一个大概是医生的走进来。医生看了看死尸，掏出张印有表格的纸单来，教青年签字。"传染病！"医生用中国话说，"你签字！"他递给青年一支头号的派克笔。青年咬上了嘴唇，不肯接那支笔。钱先生嗽了一声，送过一个眼神。青年签了字。

医生把纸单很小心地放在袋中，又去看那个一夜也没出一声的中年人。医生很客气地对敌兵说："消毒！"敌兵把还没有死的中年人拖了出去。

屋中剩下医生和两个活人，医生仿佛不知怎么办好了；搓着手，他吸了两口气；然后深深地一鞠躬，走出去，把门倒锁好。

青年全身都颤起来，腿一软，他蹲在了地上。

"这是传染病！"老人低声地说，"日本人就是病菌！你要不受传染，设法出去；最没出息的才想自杀！"

门又开了，一个日本兵拿来姑娘的衣服，扔给青年。"你，她，走！"

青年把衣服扔在地上，像条饥狼扑食似的立起来。钱先生又咳嗽了一声，说了声"走！"

青年无可如何地把衣服给死尸穿上，抱起她来。

敌兵说了话："外边有车！对别人说，杀头的！杀头的！"

青年抱着死尸，立在钱先生旁边，仿佛要说点什么。

老人把头低了下去。

青年慢慢地走出去。

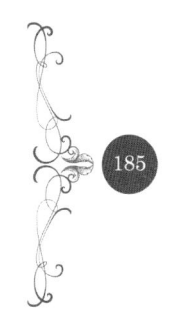

二十七

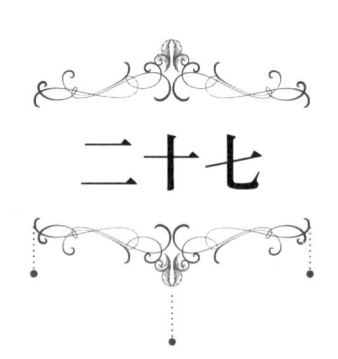

剩下他一个人，他忽然觉得屋子非常的大了，空洞得甚至于有点可怕。

不管那个青年是干什么去，反正他已给了他最好的劝告。假若他的劝告被接受，那个青年就必定会像仲石那样去对付敌人。

他的心平了下去。他不再为敌人的残暴而动怒。这不是讲理的时候，而是看谁杀得过谁的时候了。他忘记了他的诗、画、酒、花草，和他的身体，而只觉得他是那一口气。他甚至于觉得那间小屋很美丽。它是他自己的，也是许多人的，监牢，而也是个人的命运与国运的联系点。看着脚上的镣，摸着脸上的伤，他笑了。他决定吞食给他送来的饭团，好用它所给的一点养分去抵抗无情的鞭打。

隔了有五六天，晚上，他被传去受审。审问的地方是在楼上。很大的一间屋子，像是课堂。屋里的灯光原来很暗，可是他刚刚进了屋门，极强的灯光忽然由对面射来，使他瞎了一会儿。他被拉到审判官的公案前，才又睁开眼；一眼就看见三个发着光的绿脸。

中间坐的那个绿小鬼向左右微一点头，大概是暗示："这是个厉害家伙！"他开始问，用生硬的中国语问：

"你的是什么？"

他脱口而出地要说："我是个中国人！"可是，他控制住自己。他要爱护自己的身体，不便因快意一时而招致皮骨的损伤。同时，他可也想不起别的、合适的答话。

"你的是什么？"小鬼又问了一次。紧跟着，他说明了自己的意思："你，共产党？"

他摇了摇头。他很想俏皮地反问："抗战的南京政府并不是共产党的！"可是，他又控制住了自己。

左边的绿脸出了声："八月一号，你的在哪里？"

"在家里！"

"在家做什么？"

想了想："不记得了！"

左边的绿脸向右边的两张绿脸递过眼神："这家伙厉害！"

右边的绿脸把脖子伸出去，像一条蛇似的口里嘶嘶地响："你！你要大大地打！"紧跟着，他收回脖子来，把右手一扬。

他——钱老人——身后来了一阵风，皮鞭像烧红的铁条似的打在背上，他往前一栽，把头碰在桌子上。他不能再控制自己，他像怒了的虎似的大吼了一声。他的手按在桌子上："打！打！我没的说！"

三张绿脸都咬着牙微笑。他们享受那嗖嗖的鞭声与老人的怒吼。皮鞭像由机器管束着似的，均匀地，不间断地，老那么准确有力地抽打。慢慢地，老人只能哼了，像一匹折了腿的马那样往外吐气，眼珠子努出多高。又挨了几鞭，他一阵恶心，昏了过去。

醒过来，他仍旧是在那间小屋里。他口渴，可是没有水喝。他的背上的血已全定住，可是每一动弹，就好像有人撕扯那一条条的伤痕似的。每一发昏，他就觉得他的生命像一些蒸气似的往外发散。

可是，他不肯就这样释放了自己。他宁愿忍受苦痛，而紧紧地抓住生命。他须活下去，活下去！

日本人的折磨人成了一种艺术。他们第二次传讯他的时候，是在一个晴美的下午。审官只有一个，穿着便衣。他坐在一间极小的屋子里，墙是淡绿色的；窗子都开着，阳光射进来，射在窗台上的一盆丹红的四季绣球上。他坐在一个小桌旁边，桌上铺着深绿色的绒毯，放着一个很古雅的小瓶，瓶中插着一枝秋花。瓶旁边，有两个小酒杯，与一瓶淡黄的酒。他手里拿着一卷中国古诗。

老人坐下。那个人口中连连地吸气，往杯中倒酒，倒好了，他先举起杯："请！"老人一扬脖，把酒喝下去。那个人也饮干，又吸着气倒酒。干了第二杯，他笑着说：

"都是一点误会，误会！请你不必介意！"

"什么误会？"老人在两杯酒入肚之后，满身都发了热。他本想一言不发，可是酒力催着他开开口。

日本人没正式地答复他，而只狡猾地一笑；又斟上酒。看老人把酒又喝下去，他才说话：

"你会作诗？"

老人微一闭眼，作为回答。

"新诗？还是旧诗？"

"新诗还没学会！"

"好得很！我们日本人都喜欢旧诗！"

老人想了想，才说："中国人教会了你们作旧诗，新诗你们还没学了去！"

日本人笑了，笑出了声。他举起杯来："我们干一杯，表示日本与中国的同文化，共荣辱！四海之内皆兄弟也，而我们差不多是同胞弟兄！"

老人没有举杯。"兄弟？假若你们来杀戮我们，你我便是仇敌！

兄弟？笑话！"

"误会！误会！"那个人还笑着，笑得不甚自然，"他们乱来，连我都不尽满意他们！"

"他们是谁？"

"他们——"日本人转了转眼珠，"我是你的朋友！我愿意和你做最好的朋友，只要你肯接受我的善意的劝告！你看，你是老一辈的中国人，喝喝酒，吟吟诗。我最喜欢你这样的人！他们虽然是不免乱来，可是他们也并不完全闭着眼瞎撞，他们不喜欢你们的青年人，那会作新诗和爱读新诗的青年人；这些人简直不很像中国人，他们受了英美人的欺骗，而反对日本。这极不聪明！日本的武力是天下无敌的，你们敢碰碰它，便是自取灭亡。因此，我虽拦不住他们动武，也劝不住你们的青年人反抗，可是我还立志多交中国朋友，像你这样的朋友。只要你我能推诚相见，我们便能慢慢地展开我们的势力与影响，把日华的关系弄好，成为真正相谅相助、共存共亡的益友，释放了你，叫你达到学优而仕的愿望！"

多大半天，老人没有出声。

"怎样？"日本人催问，"噢，我不应该催促你！真正的中国人是要慢条斯礼的！你慢慢去想一想吧？"

"我不用想！愿意释放我，请快一点！"

"放了你之后呢？"

"我不答应任何条件！饿死事小，失节事大！"

"你就不为我想一想？我平白无故地放了你，怎么交代呢？"

"那随你！我很爱我的命，可是更爱我的气节！"

"什么气节？我们并不想灭了中国！"

"那么，打仗为了什么呢？"

"那是误会！"

"误会？就误会到底吧！除非历史都是说谎，有那么一天，咱们会晓得什么是误会！"

"好吧！"日本人用手慢慢地摸了摸脸。他的右眼合成了一道细缝，而左眼睁着。"饿死事小，你说的，好，我饿一饿你再看吧！三天内，你将得不到任何吃食！"

老人立了起来，头有点眩晕；扶住桌子，他定了神。

日本人伸出手来。"我们握握手不好吗？"

老人没任何表示，慢慢地往外走。已经走出屋门，他又被叫住："你什么时候想明白了，什么时候通知我，我愿意做你的朋友！"

回到小屋中，他不愿再多想什么，只坚决地等着饥饿。是的，日本人的确会折磨人，打伤外面，还要惩罚内里。他反倒笑了。

小屋里又来了三个犯人，全是三四十岁的男人。由他们的惊恐的神色，他晓得他们也都没有罪过；真正做了错事的人会很沉静地等待判决。他不愿问他们什么，而只低声地嘱咐他们："你们要挺刑！你们认罪也死，不认罪也死，何苦多饶一面呢？用不着害怕，国亡了，你们应当受罪！挺着点。万一能挺过去，你们好知道报仇！"

三天，没有他的东西吃。三天，那三个新来的人轮流着受刑，好像是打给他看。饥饿、疼痛，与眼前的血肉横飞，使他闭上眼，不出一声。他不愿死，但是死亡既来到，他也不便躲开。他看清：不管日本人要干什么，反正他自己应当坚定；日本人说他有罪，他便是有罪，他须破着血肉去接取毒刑，日本人教他投降，他便是无罪，他破出生命保全自己的气节。

这样想清楚，虽然满身都是污垢和伤痕，他却觉得通体透明，像一块大的水晶。

日本人可是并不因为他是块水晶而停止施刑；即使他是金刚钻，他们也要设法把他磨碎。

他挺着，挺着，不哼一声。到忍受不了的时候，他喊："打！

打！我没的说！"他咬着牙，可是牙被敲掉。他晕死过去，他们用凉水喷他，使他再活过来。他们灌他凉水，整桶地灌，而后再教他吐出来。他们用杠子轧他的腿，甩火绒炙他的头。他忍着挺受。他的日子过得很慢，当他清醒的时候；他的日子过得很快，当他昏迷过去的工夫。他决定不屈服，他把生命像一口唾液似的，在要啐出去的时节，又吞咽下去。

他的同屋的人，随来随走，他不记得一共有过多少人。他们走，是被释放了，还是被杀害了，他也无从知道。有时候，他昏迷过去好大半天；再睁眼，屋中已经又换了人。看着他的血肉模糊的样子，他们好像都不敢和他交谈。他可是只要还有一点力气，便鼓舞他们，教他们记住仇恨和准备报仇。这，好似成了他还须生活下去的唯一的目的与使命。他已完全忘了自己，而只知道他是一个声音；只要有一口气，他就放出那个声音——不是哀号与求怜，而是教大家都挺起脊骨，竖起眉毛来的信号。

到最后，他的力气已不能再支持他。他没有了苦痛，也没有了记忆；有好几天，他死去活来的昏迷不醒。

在一天太阳已平西的时候，他苏醒过来。睁开眼，他看见一个很体面的人，站在屋中定睛看着他。他又闭上了眼。恍恍惚惚的，那个人似乎问了他一些什么，他怎么答对的，已经想不起来了。他可是记得那个人极温和亲热地拉了拉他的手，他忽然清醒过来；那只手的热气好像走到了他的心中。他听见那个人说："他们错拿了我，一会儿我就会出去。我能救你。我在帮，我就说你也在帮，好不好？"以后的事，他又记不清了，恍惚中他好像在一本册子上按了斗箕，答应永远不向别人讲他所受过的一切折磨与苦刑。在灯光中，他被推在一座大门外。他似醒似睡地躺在墙根。

秋风儿很凉，时时吹醒了他。他的附近很黑，没有什么行人，远处有些灯光与犬吠。他忘了以前的一切，也不晓得他以后要干什么。他的残余的一点力气，只够使他往前爬几步的。他拼命往前爬，不知道往哪里去，也不管往哪里去。手一软，他又伏在地上。他还没有死，只是手足都没有力气再动一动。像将要入睡似的，他恍惚地看见一个人——冠晓荷。

他须第一个先教冠晓荷看看他，他还没死！

他爬，他滚，他身上流着血汗，汗把伤痕腌得极痛，可是他不停止前进；他的眼前老有个冠晓荷。冠晓荷笑着往前引领他。

他回到小羊圈，已经剩了最后的一口气。他爬进自己的街门。他不晓得怎样进了自己的屋子，也不认识自己的屋子。醒过来，他马上又想起冠晓荷。伤害一个好人的，会得到永生的罪恶。他须马上去宣布冠晓荷的罪恶……

慢慢地，他认识了人，能想起一点过去的事。对瑞宣、金三爷，和四大妈的照应与服侍，他很感激。可是，他的思想却没以感激他们为出发点，而想怎样酬答他们。只有一桩事，盘旋在他的脑海中——他要想全了自从被捕以至由狱中爬出来的整部经过。这个背熟了的故事，使他不因为身体的渐次痊好，和亲友们的善意深情，而忘了他所永不应忘了的事——报仇。

瑞宣屡屡地问他，他总不肯说出来，不是为他对敌人起过誓，而是为把它存在自己的心中，像保存一件奇珍似的，不愿教第二个人看见。把它严严地存在自己心中，他才能严密地去执行自己的复仇的计划；书生都喜欢纸上谈兵，只说而不去实行；他是书生，他知道怎样去矫正自己。

想罢了入狱后的一切，他开始想将来。

"少奶奶！"他轻轻地叫。

她走进来。他看见了她半天才说："你能走路不能啊？我要教你请你的父亲去。"

她马上答应了。她的健康已完全恢复，脸上已有了点红色。她心中的伤痕并没有平复，可是为了腹中的小儿，和四大妈的诚恳的劝慰，她已决定不再随便地啼哭或暗自发愁，免得伤了胎气。

她走后，他坐起来，闭目等候着金三爷。

少奶奶去了差不多一个钟头才回来。金三爷的发光的红脑门上冒着汗，不是走出来的，而是因为随着女儿一步一步地蹭，急出来的。到了屋中，他叹了口气："要随着她走一天的道儿，我得急死！"

"好！好！你去歇会儿吧！"钱老人的眼中发出点和善的光来。在平日，他说不上来是喜爱她，还是不喜爱她。他仿佛只有个儿媳，而公公与儿媳之间似乎老隔着一层帐幕。现在，他觉得她是个最可怜最可敬的人。一切将都要灭亡，只有她必须活着，好再增多一条生命，一条使死者得以不死的生命。

"三爷！劳你驾，把桌子底下的酒瓶拿过来！"他微笑着说。

"刚刚好一点，又想喝酒！"金三爷对他的至亲好友是不闹客气的。可是，他把酒瓶找到，并且找来两个茶杯。倒了半杯酒，他看了亲家一眼，"够了吧？"

钱先生颇有点着急的样子："给我！我来倒！"

金三爷吸了口气，把酒倒满了杯，递给亲家。

"你呢？"钱老人拿着酒杯问。

金三爷只好也给自己倒了一杯。

"喝！"钱先生把杯举起来。

"慢点哟！"金三爷不放心地说。

"没关系！"钱先生分两气把酒喝干。

亮了亮杯底，他等候着亲家喝。一见亲家也喝完，他叫了声："三爷！"而后把杯子用力地摔在墙上，摔得粉碎。

"怎么回事？"金三爷莫名其妙地问。

"从此不再饮酒！"钱先生闭了闭眼。

"那好哇！"金三爷眨巴着眼，拉了张小凳，坐在床前。

钱先生看亲家坐好，他猛地由床沿上出溜下来，跪在了地上；还没等亲家想出主意，他已磕了一个头。

金三爷忙把亲家拉了起来。"这是怎回事？这是怎回事？"一面说，他一面把亲家扶到床沿上坐好。

"三爷，你坐下！"看金三爷坐好，钱先生继续着说，"三爷，我求你点事！虽然我给你磕了头，你可是能管再管，不要勉强！"

"说吧，亲家，你的事就是我的事！"金三爷掏出烟袋来，慢慢地拧烟。

"这点事可不算小！"

"先别吓唬我！"金三爷笑了一下。

"少奶奶已有了孕。我，一个作公公的，没法照应她。我打算——"

"教她回娘家，是不是？你说一声就是了，这点事也值得磕头？她是我的女儿呀！"金三爷觉得自己既聪明又慷慨。

"不，还有更麻烦的地方！她无论生儿生女，你得替钱家养活着！我把儿媳和后代全交给了你！儿媳还年轻，她若不愿守节，任凭她改嫁，不必跟我商议。她若是改了嫁，小孩可得留给你，你要像教养亲孙子似的教养他。别的我不管，我只求你必得常常告诉他，他的祖母、父亲、叔父，都是怎样死的！三爷，这个麻烦可不小，你想一想再回答我！你答应，我们钱家历代祖宗有灵，都要感激你；你不答应，我决不恼你！你想想看！"

金三爷有点摸不清头脑了，吧唧着烟袋，他愣起来。他会算计，而不会思想。女儿回家，外孙归他养活，都做得到；家中多添两口人还不至于教他吃累。不过，亲家这是什么意思呢？他想不出！为不愿多发愣，他反问了句："你自己怎么办呢？"

酒劲上来了，钱先生的脸上发了点红。他有点急躁。"不用管我，我有我的办法！你若肯把女儿带走，我把这些破桌子烂板凳，

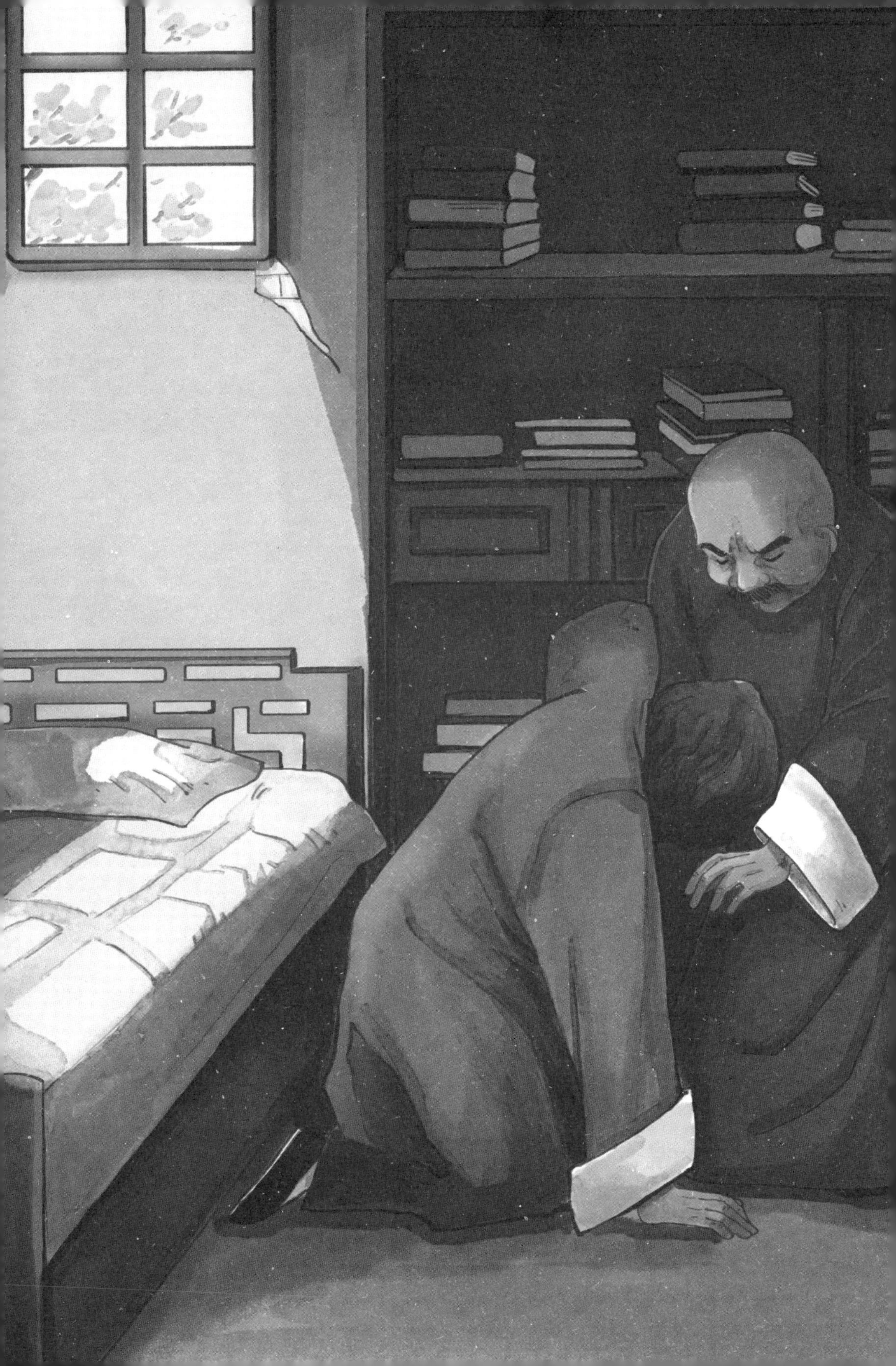

托李四爷给卖一卖。然后，我也许离开北平，也许租一间小屋，自己瞎混。反正我有我的办法！我有我的办法！"

"那，我不放心！"金三爷脸上的红光渐渐地消失，他的确不放心亲家。"那不行！连你，带我的女儿，都归了我去！我养活得起你们！你五十多了，我快奔六十！让咱们天天一块儿喝两杯吧！"

"三爷！"钱先生只这么叫了一声，没有说出别的来。沉默了好久，他才又开了口："三爷，年月不对了，我们应当各奔前程！干脆一点，你答应我的话不答应？"

"我答应！你也得答应我，搬到我那里去！"

很难过地，钱先生扯谎："这么办，你先让我试一试，看我能独自混下去不能！不行，我一定找你去！"

金三爷愣了许久才勉强地点了头。

"三爷，事情越快办越好！少奶奶愿意带什么东西走，随她挑选！你告诉她去，我没脸对她讲！三爷，你帮了我的大忙！我，只要不死，永远，永远忘不了你的恩！"

金三爷要落泪，所以急忙立起来，把烟袋锅用力磕了两下子。而后，长叹了一口气，到女儿屋中去。

钱先生还坐在床沿上，心中说不出是应当高兴，还是应当难过。妻、孟石、仲石，都已永不能再见；现在，他又诀别了老友与儿媳——还有那个未生下来的孙子！"还是这样好！我的命是白拣来的，不能只消磨在抱孙子上！我应当庆祝自己有这样的狠心——敌人比我更狠得多呀！"

正这样呆坐，野求轻手蹑脚地走进来。老人笑了。按着他的决心说，多看见一个亲戚或朋友与否，已经都没有任何关系。可是，他到底愿意多看见一个人；野求来得正是时候。

"怎么？都能坐起来了？"野求心中也很高兴。

钱先生笑着点了点头。"不久我就可以走路了！"

"太好了！太好了！"野求揉着手说。

野求的脸上比往常好看多了，虽然还没有多少肉，可是颜色不发绿了。他穿着件新青布棉袍，脚上的棉鞋也是新的。一边和姐丈闲谈，他一边掏胸前尽里边的口袋。掏了好大半天，他掏出来十五张一块钱的钞票来。笑着，他轻轻地把钱票放在床上。

"干吗？"钱先生问。

野求笑了好几气，才说出来："你自己买点什么吃！"说完，他的小薄嘴唇闭得紧紧的，好像很怕姐丈不肯接受。

"你哪儿有富余钱给我呢？"

"我，我，找到个相当好的事！"

"在哪儿？"

野求的眼珠停止了转动，愣了一会儿。"新政府不是成立了吗？"

"哪个新政府？"

野求叹了口气。"姐丈！你知道我，我不是没有骨头的人！可是，八个孩子，一个病包儿似的老婆，教我怎办呢？难道我真该瞪着眼看他们饿死吗？"

"所以你在日本人组织的政府里找了差事！"钱先生不错眼珠地看着野求的脸。

野求的脸直抽动。"我没去找任何人！我晓得廉耻！他们来找我，请我去帮忙。我的良心能够原谅我！"

钱先生慢慢地把十五张票子拿起来，而极快地一把扔在野求的脸上："你出去！永远永远不要再来，我没有你这么个亲戚！走！"他的手颤抖着指着屋门。

野求含着泪，慢慢地立起来。"默吟，那咱们就……"羞愧与难过截回去了他的话。他低着头，开始往外走。

"等等！"钱先生叫住了他。

他像个受了气的小媳妇似的赶紧立住，仍旧低着头。

"去，开开那只箱子！那里有两张小画，一张石豀的，一张石谷的，那是我的镇宅的宝物。我买得很便宜，才一共花了三百多块钱。光是石豀的那张，卖好了就可以卖四五百。你拿去，卖几个钱，去做个小买卖也好；哪怕是去卖花生瓜子呢，也比投降强！"把这些话说完，钱先生的怒气已去了一大半。他爱野求的学识，也知道他的困苦，他要成全他，成全一个好友是比责骂更有意义的。"去吧！"他的声音像平日那么柔和了，"你拿去，那只是我的一点小玩艺儿，我没心程再玩了！"

野求顾不得去想应当去拿画与否，就急忙去开箱子。找了好久，他看不到所要找的东西。

"没有吗？"钱先生问。

"找不到！"

"把那些破东西都拿出来，放在这里！"他拍了拍床，"我找！"

野求轻轻地，像挪动一些珍宝似的，一件件地往床上放那些破书。钱先生一本本地翻弄。他们找不到那两张画。

"少奶奶！"钱先生高声地喊，"你过来！"

他喊的声音是那么大，连金三爷也随着少奶奶跑了过来。

看到野求的不安的神气，亲家的急躁，与床上的破纸烂书，金三爷说了声："这又是那一出？"

少奶奶想招呼野求，可是公公先说了话：

"那两张画儿呢？"

"哪两张？"

"在箱子里的那两张，值钱的画！"

"我不知道！"少奶奶莫名其妙地回答。

"你想想看，有谁开过那个箱子没有！"

少奶奶想起来了。

金三爷也想起来了。

少奶奶也想起丈夫与婆婆来，心中一阵发酸，可是没敢哭出来。

"是不是一个纸卷哟？"金三爷说。

"是！是！没有裱过的画！"

"放在孟石的棺材里了！"

"谁？"

"亲家母！"

钱先生愣了好半天，叹了口气。

名师赏析

老舍把自己诗人的刚烈之气给了钱诗人——钱默吟。钱诗人敦厚谦和，与世无争，平日吟诗作画，养花喝酒，然而，气节对他来说高于一切。他说："我是向来不问国家大事的人，因为我不愿谈我所不深懂的事。可是，有人来亡我的国，我就不能忍受！"

钱诗人的儿子仲石是个司机，他拼出自己的命，摔死一车日本兵。这个壮举早在钱诗人预料之中，他骄傲地表示："我只会在文字中寻诗，我的儿子——一个开汽车的——可是会在国破家亡的时候用鲜血去作诗！我丢了一个儿子，而国家会得到一个英雄！"这是何等的豪情！

因儿子的壮烈牺牲，钱诗人被日军逮捕，受尽酷刑，毫不屈服。后文中，出狱后他以炼就的铮铮铁骨复国雪耻，成为一个神出鬼没的斗士。

在《四世同堂》开笔的三年前，老舍在诗人节写了一篇诗一般的文字《诗人》。那是篇奇文，那是只有最懂诗的最爱诗的人才能写得出的。文章中激荡奔腾的热情，细腻入微的认知，是诗人的自白，因为除非自己就是诗人，否则很难写到这么高的境界。老舍写道，"诗人是中了魔的人"，"及至社会上真有了祸患，他会以身谏，他投水，他殉难"！

老舍借钱默吟写出了自己诗人性格的那个侧面。

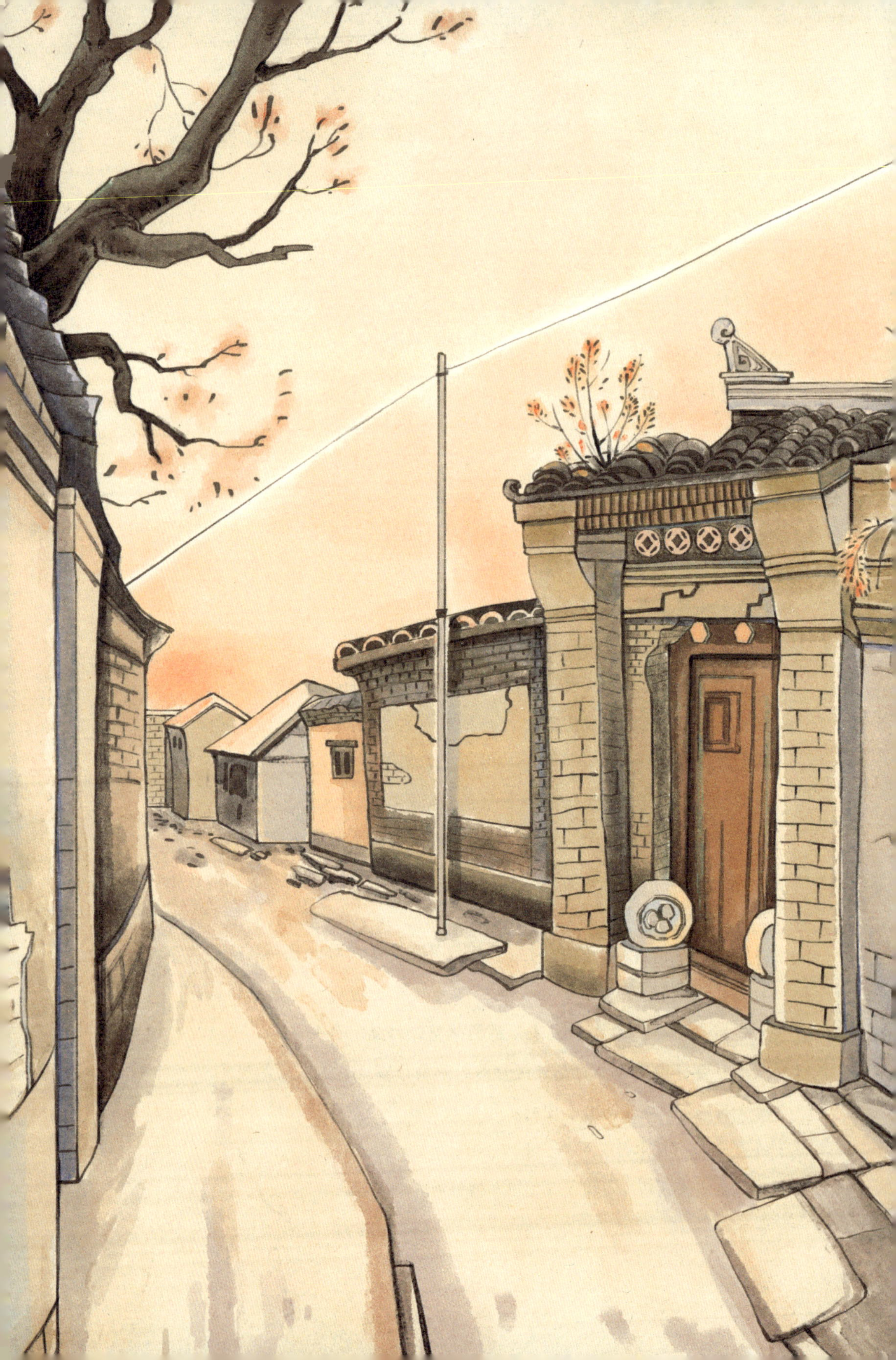

延伸阅读

《四世同堂》里的礼义廉耻

范亦豪

  《四世同堂》里有老舍的核心观念：爱国和礼义廉耻。"五四"以来，中国现代知识分子在为人和为学中执着追求"独立之精神，自由之思想"。这是对封建道统的彻底决裂，是对人性的真正的尊重，是"五四精神"重要的核心观念。对老舍而言，西方现代的民主思想早已融入他的血液，但《四世同堂》里的人物都没有表现出明确彻底的现代意识，因为此时国难当头，国家至上。爱国是头等大事。沦陷的八年，"爱国"这个标尺检验着每个中国人。

  "爱国"是属于政治层面的，道德则是它的基础。在道德的层面，《四世同堂》自始至终贯穿着的是礼义廉耻。给祁家看坟地的老农常二爷进西直门让日本兵抓住罚跪，他觉得这是奇耻大辱痛不欲生。老舍说："他是个中国人，北方的中国人，北平郊外的中国人。他不认识多少字，他可是晓得由孔夫子传下来的礼义廉耻。"在这里，老舍点出来的就是《四世同堂》的这一个核心观念。老舍希望也相信，经过民族战争的考验与洗礼，在礼义廉耻浸润中长大的整个中国人的国民性会有新的提升，甚至升华。

中国人几千年的文化传统在生活中被彻底砸烂，完全弄一套新的，外国的，水土不服，立不住。而且，传统有优劣两面，把孩子和脏水一起泼掉也太可惜。世界各国文化中好的东西都是相通的。中国传统文化里面的精华是有普世价值的。

老舍始终认为中国的改造必得站在中国几千年文化的基地上，但不能原封不动地保留，要改造，去掉陈腐的，发扬优秀的。老舍在《四世同堂》里倡导的礼义廉耻不同于传统的，是经过改造更新的。

《四世同堂》这个书名起得就大有深意。四世同堂，一个最传统的家庭模式，一个保守封闭的世界，一个最老旧的观念。小说以此时此处为起点，让一个个在礼义廉耻的传统当中泡大的老北京人，经过八年的炼狱，登上了一个新的层次。到了小说的结尾，和开篇相比，每个人的灵魂似乎都经过一次大洗涤，光鲜亮堂了许多。《四世同堂》里，经过改造、锤炼而更新的礼义廉耻，在今天显得更珍贵了。

《四世同堂》的意义和价值

舒 乙

在抗日战争后期，由1944年初开始，在重庆郊外的一座小镇北碚，老舍先生动笔创作长篇小说《四世同堂》，当年写了三十四段，取名《惶惑》，是为上卷。第二年全年又完成三十三段，取名《偷生》，是为中卷。抗日战争胜利后，在美国纽约，于1948年，完成了最后的三十三段，取名《饥荒》，是为下卷。合起来，总共一百章，每章一万字，正好一百万字，全书总名《四世同堂》。他自称，这是"抗战文学的一部较大的纪念品"，也"或许是自己最好的一部作品"。

《四世同堂》不仅是老舍先生的代表作之一，同时，也被公认为是中国现代长篇小说最优秀的作品。

《四世同堂》是对日本发动侵略战争血腥残害中国人民的控诉书

《四世同堂》一共描写了大约二百五十位人物，其中重点描写北平城西北角的一个小胡同，小羊圈胡同里的居民，那里有名有姓的主人公一共五十六个。经过八年北平沦陷的日子，五十六个中一共死去了十九个，其中小羊圈一号院死去了钱仲石、钱孟石、钱太太和他们的亲戚陈野求太太，二号院死去了李四大爷，三号院死去了尤桐芳、大赤包、冠晓荷、招弟和与她有密切关系的蓝东阳，四号院死去了小崔和孙七，五号院死去了祁天佑、小妞妞、祁瑞丰、胖菊子和祁家的好朋友常二爷，六号院死去了小文和小文太太。

在整个战争期间，有三千万中国人死于战争。《四世同堂》中小羊

延伸阅读

圈胡同一下子死去了十九个居民,占小羊圈胡同全部居民的三分之一,恰是这场侵略战争给中国人造成严重伤害的真实缩影,这十九个人物中六个是反面角色,他们是汉奸、特务和狗腿子,干尽了坏事,死得罪有应得。其余十三位,绝大部分是被日本人用各种办法残暴地迫害死的,有被砍头的,有被活埋的,有被活活打死的,有受污辱之后投河自尽的,有被饿死的,有被污辱绝食而亡的,当然,也有和敌人同归于尽的反抗英雄,还有刚烈不屈的自己一头撞死在棺材上的老夫人。老舍笔下的沦陷北平城的居民的各式各样惨死的情景,生动地再现了那场日本侵略战争给中国人民造成的沉痛伤害和无法挽回的重大损失。

当《四世同堂》在战后刚刚传入日本的时候,有正义感的日本学者把它称为一部对日本的"反战人生教科书"。这种评价是非常贴切和中肯的。当读者读了老舍的这些描写之后,都会掩书而泣,泪流满面,被这些可怕的、丝丝入扣的、令人不寒而栗的生动写照所震撼,为这些书中老实忠厚的普通北平人的悲惨命运所牵挂,由胸中升起一股悲悯的呼唤,自然而然地由同情由悲愤而转向对日本侵略者发出强烈的控诉、愤慨和谴责。

《四世同堂》揭示了一条普通中国民众由完全无知到民族觉醒的漫长而沉重的路

由"九一八"事变开始到"八一五"抗战胜利为止,中国用了整整十四年的时间,付出了惨痛的代价才取得胜利,为什么呢?《四世同堂》正要回答这个问题。除了众所周知的经济原因、政治原因、社会原因之外,老舍先生认为还有一个文化原因。中国是一个有五千年文明的古国,有光辉灿烂的光荣历史,但也正因为此,她的脊梁上背上了沉重的文化包袱,这个包袱在民族危难当头之时,民众由于完全无知，形成一盘散沙，无法迅速地组织起有效的抵抗，付出了惨重的代价，挨了打，死了人，吃了苦，最后慢慢醒悟了，才走上了一条各民族觉醒之路。

这条路是怎么走过来的，需要细细地剖析。这正是老舍的厚厚的《四世同堂》需要解答的。

从抗日战争的态度上看，当时中国普通民众大致可以分成以下几种类型。

第一种，祁老爷子型。

祁老人在听说卢沟桥炮声响起的时候，马上命令自己的长孙媳妇韵梅，看看家里的粮食够不够吃三个月的，还有没有足够的咸菜。有的话，去把那口破缸找出来，用碎砖头把它装满，准备顶在街门里边，不出三个月，保准天下太平，就过去了，没事了。老人小时候国家也受过日本的欺负，但是他始终不明白日本究竟要干什么，莫不是爱占小便宜？兴许是看上了卢沟桥上的石狮子？他懂得很多老规矩老礼节，但是对国家大事却是十分糊涂，脑子是一盆浆子。

第二种，祁瑞宣型。

祁瑞宣是祁老人的长孙，是一个高级知识分子，职业是中学教员，知书达礼，懂英文，人很聪明，不糊涂，也很爱国。抗战一爆发，他马上面临一个问题，究竟是走出家门投到抗战洪流去呢，还是留在北平，担负起一家人的生活保障责任呢？他马上想到中国文化里有一句老话，叫作"忠孝不能两全"，忠是对国家尽起一份公民的责任，孝是对家庭、对老人应付的一份责任，这两事偏偏不能两全，要么尽忠，要么尽孝，只能选择其一。他有一个四世同堂的家庭，上有祖父祖母，有父亲母亲，自己旁边有兄弟和兄弟媳妇，还有自己的太太，下边有一双儿女。他是这个大家庭的顶梁柱。他走了，这个家庭怎么办呢？算了吧，让别人去尽忠吧，他只能留下来，守着北平，委曲求全地尽孝吧。

第三种，钱诗人型。

钱诗人是典型的老派的中国文人，会诗会画。在他的心目中，北平是一棵树，他是树上的一朵花，尽管是一朵闲花。北平若不幸丢失了，他想他也不便再活下去。他准备和这个古老的文化一起同生死。

第四种，冠晓荷型。

冠晓荷是个小知识分子，学问不大，当过小官，没什么理想和抱负，只想往上爬，一心要升官发财享受，至于给谁服务，全然无所谓，谁都行，总之只要对自己有利就成。

第五种，祁瑞全型。

祁瑞全是祁瑞宣的三弟，是个快毕业的大学生，爱国，头脑清楚。抗日战争爆发，第一个念头就是离家出走，去抗日。

摊开来分析，芸芸众生中比起第二类、第三类、第四类和第五类，第一种类型的人，祁老爷子和祁老爷子们，非常的多，占了绝大多数，小羊圈几个大杂院里的居民差不多都属于此种类型。他们都知道爱国，但毫无主见，觉悟程度几乎等于零，在是非面前完全拿不定主意，不知道到底应该怎么办才好。他们差不多都糊里糊涂地当了亡国奴，随波逐流，越滑越低，最后成了任人宰割的羔羊。事实教育了他们，命运把他们统统逼上了绝路，到了最后才知道，只有拼死反抗才说不定能有一条活路，最不济也能来个同归于尽，不辱祖先。受了无计其数的挤对和屈辱之后，他们身上的正义感到了最后时刻终于迸发了出来，祁老爷子拖着病病歪歪的身子，抱着饿死的重孙女小妞妞的尸体要去和日本人拼命。李四大爷，一辈子没动过武，永远奉行谨小慎微的处世哲学，老了老了，白了胡子，却毫无道理地挨了日本宪兵的两嘴巴。他气炸了肺，把所有的劲都使在拳头上，举起手来，极快地照着日本人的脸来了一下子。他被当场活活打死。死得像个英雄。剃头匠孙七因为拉肚子被拉去"消毒"活埋，他不愿意与一道被"消毒"的汉奸冠晓荷为伍，接过铁锹，把身上所有的力气都使出来，往坑里填土，亲手把冠晓荷埋在土里，然后，自己主动跳到坑里，没出一声。郊外的老实巴交的农民常二爷进城买药，因拿着法币被日本人在城门洞罚了跪，回家后不吃不喝，愣是绝食而亡，临终，口里只对儿子说两个字——"报仇"。他们都因为没有及时地走上抗争的路，受了苦，受了辱，受了大罪，才最终做出了拼死一搏。这种民族觉醒的路是付出了太大太大的代价才换来的，来得很迟，很悲壮，付出了生命。

老舍在《四世同堂》里把大量笔墨放在了第二种类型的人祁瑞宣身上。他认为祁瑞宣有典型性。他就是那个背在中国背上的沉重的文化包袱的化身。老舍先生认为文化对历史的进程有着举足轻重的作用，或促进，或拉后腿。这种作用一点也不弱于社会政治经济因素。他坚定地认为，对文化中优秀的传统一定要继承、坚持和发展，而对文化中落后的部分要采取批判的态度，只有这样，有继承、有批判，中国才能进步，才能摆脱落后挨打的局面，才能快步追赶上世界上先进的国家。

老舍的《四世同堂》通过瑞宣的故事，解释了为什么中国在抗日战争之始不能迅速做出反应，不能团结一致，不能一致对外，就是因为像瑞宣这样的中国精英们受中国文化负面的影响，不能立即放下手下的事情，勇敢地走上战场，而呈现一盘散沙的困境。到了抗战后期，经过严酷事实的教训，瑞宣终于痛心地明白了："留在北

延伸阅读

平的，自取灭亡"，"在敌人手底下，要保护一家人，哼，梦想！"

可见，对中国文化一定要一分为二，扬优避劣，扬长避短，推陈出新，只有这样，中国才能大踏步前进，迎头赶上世界潮流，实现强国富民的梦想。

老舍的《四世同堂》勾勒了一个漫长的历史动态的过程，由完全是空白的零点，摆脱了文化的负面影响，挣扎着最后终于走上了民族觉醒的道路，并为此付出了沉重的代价。

《四世同堂》是一部描写普通民众抗日的史诗

《四世同堂》虽然是描写北平一个小胡同里发生的故事，但它的历史时代背景和地理背景却是史诗性的和全国性的。细细读来，往大里说，《四世同堂》有着抗战史和战争百科全书的味道；往小里说，《四世同堂》有着北京指南的意思，包括北京气候、地理环境、风俗习惯、民族特色、饮食特点、节日讲究、土特产品、水果蔬菜、婚丧嫁娶、动物植物、戏剧艺术，等等，无所不包，头头是道，无一不精。《四世同堂》涉及抗日战争许多重大的战役以及我方大城市的丧失，也涉及第二次世界大战期间许多重大的国际事件。《四世同堂》还多次提到北平西郊的游击战斗对日寇的骚扰和打击。往纵里说，《四世同堂》谈古说今，波及中国的古代哲学、伦理道德和传统的思维定式，把中国的固有文化兜着底地加以剖析，由古代一直延续到现代，中国各种类型的人在抗日战争中的行为都能一一找到根源。

《四世同堂》里出现了一位英国绅士富善先生。神来之笔是老舍先生还描写了一位反战的日本老太婆。老舍先生用这种描写，将日本上层军国主义分子和日本的广大老百姓区别了开来。瑞宣在书中称这位日本老太婆为"我们的朋友"，他在关键时刻也保护了这位朋友，他用身子隔开了因抗战胜利而拥上街头的北平人和日本老太婆，前者打算去找日本人算账报仇。反战的日本老太婆在书中的出现让《四世同堂》成为一部有着伟大的国际主义精神和人道精神的文学作品，体现了作者拥有的世界大同的理想。

《四世同堂》非常强烈地体现了中国人民热爱和平的传统。祁老人看着日本老太婆和她的两个侄孙儿说过这样的话："谁杀人，谁也挨杀，谁祸害女人，谁的女人也被祸害！那两个孩子跟老婆婆也怪可怜的！"而日本老太婆则说了这样的话："我是日本人，也是人类的人，以一个日本人说，我应当一语不发，完全服从命令，以一个人类的人说，我诅咒教这两个孩子的父亲变成骨灰，妈妈变成妓女的人！"

世上什么事最难？

说自己最难。

《四世同堂》是一部说自己的书。《四世同堂》把"自己"说得最准，最清楚，最透彻，连自己的最长处和最短处都讲得明明白白。这是《四世同堂》最难能可贵的地方。

北京人的性格，他们的脾气秉性，风作风派和行为准则最能代表中国人热爱和平的传统。北京人永远温良恭俭让，永远客客气气，永远有礼貌，永远热情待人，甚至"他只知道照着传统的办法尽了做儿子的责任，而不敢正眼看那祸患的根源，他的教育、历史、文化，只让他去敷衍，去低头，毫无用处地牺牲自己，而把报仇雪恨当作太冒险，过分激烈的事"。

抗日战争终于把中国人，把北京人，打明白了，让他们看明白了自己，也看明白了世界，包括看明白了日本人在内。终于，他们明白了一个大道理，那就是"人不应当互相残杀。可是中国的抗战绝不是黩武喜杀，而是以抵抗来为世界保存一个和平的、古雅的、人道的文

延伸阅读

明。这是个极大的使命"。终于，经过打，也把日本人打明白了，他们并不是一个一切人的主人的民族。

从这个意义上讲，《四世同堂》是永恒的。《四世同堂》在过去，在今天，在未来，都有价值，既有历史价值，又有很了不起的现实意义。

生命总是延续的，是进步，是活在今天而关切着明后天的人类福利。

最后，还想说明一点：《四世同堂》也写了老舍先生自己。在阅读《四世同堂》的时候，熟悉老舍本人的读者常常惊讶地发现，哎呀，这不是在写他自己吗。这样的章节非常多。凡是老舍先生借用自己的经历去写的时候，那些文字一定格外精彩，特别出彩，特别可爱，特别美丽，特别有味道。请看，他笔下的小羊圈胡同，那本是他自己诞生和度过童年的地方。请看，他笔下的北京的端午节和北京的夏天，透过纸背连那些时令的水果香味都能真真儿地闻见。请看他笔下北京北土城外的坟地周边的景物，那里的一树一草一磨盘一土屋，那是他埋葬自己父亲的生辰八字和布袜子的地方。他的这些文字都来源于自己儿时的记忆，而回忆往往是亲切的，亲切能产生伟大的文字。我们来读读他怎么描写北土城外的北京穷苦农民吧："这是中国人，中国文化！这整个的屋子里的东西，大概一共不值几十块钱。这些孩子和大人大概随时可以饿死冻死，或被日本人杀死。可是，他们有礼貌，还有热心肠，还肯帮助别人的忙，还不垂头丧气。他们什么也没有，连件干净的衣服，与茶叶末子都没有，可是他们又仿佛有了一切。他们有自己的生命与几千年的历史！他们好像不是活着呢，而是为什么一种他们所不了解的责任和使命挣扎着呢。剥去他们的那些破烂污浊的衣服，他们会和尧舜一样圣洁，伟大，坚强！"

也许《四世同堂》的"核儿"便在这里。